U0007734

GOBOOKS
& SITAK
GROUP

漫時光

成何體統

·上卷·

七英俊 著

高寶書版集團

目錄

第一章　社畜穿書　005
第二章　新晉寵妃　027
第三章　離間計　061
第四章　藏書閣起火　087
第五章　夜會端王　127
第六章　密會　163
第七章　試探　189
第八章　他的真實身分　217
第九章　妳永遠都不需要改變　249

第一章　社畜穿書

王翠花是個職場社畜[1]，人如其名，土味中透著一絲幽默。入職兩年，飽受上司和客戶刁難，縱然有滿腔抱負也被磨平了稜角。

更何況，她原本也沒什麼抱負。她的人生信念是得過且過，唯一的愛好是看網路小說——與其說是愛好，不如說是條件所迫，畢竟上下班坐捷運的時間太長，沒別的法子打發時間。

兩年下來，王翠花閱文無數，基本上看三行就能預判接下來的套路。

今天下班路上，她點進了一篇無腦穿書文。

文名叫《穿書之惡魔寵妃》，聽名字就是垃圾。王翠花之所以看得下去，是因為這篇文的開頭跟她本人此刻的處境幾乎一模一樣。

——「馬春春是個平平無奇的社畜，這天在下班路上，她點進了一篇無腦宮鬥文……」

這是在寫我自己嗎？王翠花略微提起一點興趣，接著往下讀。

馬春春意外穿進了宮鬥文《東風夜放花千樹》裡，成了故事中的炮灰女。

這炮灰女的人生是個悲劇，身不由己被選秀進宮，又身不由己被捲入宮鬥，掌管她生殺大權的皇帝還是個蠻不講理的暴君。炮灰女為了自保，與人抱團迫害女主角，最後慘死於宮鬥之中。

而集萬千寵愛於一身的女主角卻心機深沉，一面對暴君虛與委蛇，一面與某王爺暗通

1 社畜：日語中形容上班族的貶義詞，指被公司當作牲畜一樣壓榨的員工。現多用於自嘲。

款曲，最後還幫王爺暗殺了暴君，你登基來我封后，走向了人生巔峰。

馬春春穿成了炮灰女，立即展開了逆襲事業，幾番算計，搶在女主角前面吸引了王爺的注意力，成功搶奪了屬於女主角的路線，在逼死暴君的同時還將女主角賜死陪葬，終於當了千古一后。

王翠花讀到此處，興味索然。她看文太多，同樣的逆襲套路已經看過至少十八遍。

她正想退出來換一本無腦爽文接著打發時間，只聽耳邊轟然一響，視野被白光淹沒。

天旋地轉間王翠花穿進了手機，一頭扎進了自己嗤之以鼻的穿書文裡。

王翠花醒來後十分冷靜，第一個反應是找鏡子，確認自己穿成了誰。

《穿書之惡魔寵妃》原文沒有插圖，但外貌描寫還算詳盡。炮灰女走的是寡淡小白花路線，被馬春春接管之後才靠一手化妝術驚豔世人。

王翠花望見鏡中那明顯未施粉黛、得天獨厚的豔麗臉蛋，瞬間陷入絕望。

想來也該知道，炮灰女已經被別人占了，不會再留給她。而她呢，穿成了那個註定要被炮灰女迫害而死的原女主角——庾晚音。

庾晚音一陣焦慮。

這篇文她看得一目十行，只記得人物大致的命運軌跡。

看自己現在的打扮，應該是剛入宮為嬪。

炮灰女與她同時進宮，此時已經被穿，很快就會遇到真命天子——出身低微卻文韜武略的端王。他們即將花前月下十萬字，然後情天恨海兩百章，最後運籌帷幄取暴君而代之。

暴君死後，庾晚音被賜了三尺白綾，從哭求到下葬一共只用了三百字。

庾晚音心知肚明，炮灰女只是名義上的炮灰女，在《穿書之惡魔寵妃》的世界觀裡，她才是真正的天選之女，而自己只是她天選之路上的絆腳石，根本沒有一搏之力。

自己想要活下去，最佳選擇還是搶在炮灰女之前去找真命天子端王。

但她憑直覺知道這不可行。

首先，炮灰女是個惡人。

文名叫「惡魔寵妃」，炮灰女的人設就是睚眥必報、心狠手辣，她一反傳統的真善美路線，憑著層出不窮的手段笑到最後。

現在炮灰女和女主角都被穿了，兩個穿書的拿了同樣的劇本，在搶奪同一條生存主線，說不定要為了端王互使陰招，殺得天昏地暗、九死一生。

其次，端王也是個惡人。

雖然原文裡對他的描寫是多謀善斷、膽識過人，但是視角決定立場，在如今的庾晚音看來，他就是個城府頗深的大反派。兩個穿越者在他面前殺得道高一尺，魔高一丈，他看在眼中，不可能不起疑。

自己就算最後滅了炮灰女，助他上了位，也會被他兔死狗烹、卸磨殺驢。

經過簡單的計算，庾晚音得出結論：自己只能另闢蹊徑。

在這個全員惡人的故事裡，她想殺出一條血路，就得當最大的那個惡人，先幫助暴君幹死端王，然後再幹死暴君，直接當女帝。

庾晚音思量的當口，一個俏生生的丫鬟走了進來，蒼白著一張小臉對她說出標準臺詞：「小姐，奴婢為您梳妝，今夜您可要好好服侍陛下，萬不可大意……」

「今夜？」庾晚音吃了一驚，明白過來。

她穿來的時機正巧，今夜輪到她侍寢。

瞧著這小丫鬟欲言又止、想勸又不敢的表情，便知道原主對此是心不甘情不願的。

按照原文劇情，她會因為心繫端王而對暴君百般推拒，最後實在推託不過，還在床上落下一滴絕美梨花淚。

暴君見狀笑了笑，一腳把她踹進冷宮。

端王進宮時原本會在冷宮偶遇她，卻在門前被炮灰女勾搭走了。失去與真命天子兩情相悅的機會，她將從此淪為與炮灰女爭風吃醋、暗中使絆子的跳梁小丑，命運就此滑向深淵。

庾晚音想要翻盤，今晚是最後的機會。她一定要打動暴君，跟他達成戰略合作，將端王和炮灰女摁死再說。

庾晚音對此志在必得。

炮灰女能憑化妝技術改頭換面，她堂堂女主角為什麼非要素面朝天？大家都是社畜，誰還不會拍兩句馬屁哄哄客戶？庾晚音早就看明白了，這種文裡的皇帝扮演的就是客戶的角色，要你陽光還要你風情不搖晃，看你癡狂還看你風趣又端莊。

她在公司被摧殘了兩年，早已經驗豐富，不信哄不好這個傳說中的暴君。

庾晚音笑道：「那個誰……」她回憶了一下，「小眉啊，妳幫我梳個髮型就好，剩下的我自己來。」

她研究一陣子面前的古代化妝品，傅粉描眉，抹了唇脂，貼了花鈿，將本就美豔無雙的一張臉修飾得宛如剛化形的狐狸精，在丫鬟震驚的注視下換好裝束。

「如何？」

小眉越發欲言又止，「小姐啊，這打扮會不會太過張揚？」

「問題不大。」庾晚音胸有成竹，因為在原文裡，暴君就吃這一套，炮灰女走上妖豔路線後還得了幾分聖寵。而以女主角的顏值基礎，這一亮相的殺傷力只會翻倍增長。

既然橫豎躲不過，不如化被動為主動，以出征的心態笑對人生。

庾晚音一路沐浴在太監、宮女的注目禮中，被送去帝王寢殿。

一腳邁入殿中，只覺得氣溫驟降了兩度。

室內寂然無聲，透著一股死氣。暴君長期患有偏頭痛，正躺在床上讓人按著太陽穴，大半身形被床幔遮擋，從庾晚音的角度，只能看見從床沿垂落的一隻蒼白的手。

負責按摩的醫女戰戰兢兢，就怕哪下按得不合他的意，直接被拖出去埋了。

引路太監道：「陛下，庾嬪來了。」

庾晚音風情萬種地往床前一跪。

她能感覺到有兩道視線落在自己頭頂，然而等了半天，只聽見床幔中傳出一句：「滾吧。」

語氣冷淡中透著疲憊。

庾晚音震驚抬頭，原文裡絕對沒有這一齣！

暴君的侍衛也很暴躁，一聽這話，雖然不知她何處招惹了暴君，仍舊立即上前一左一右擒住她，便要將人往外拖。

庾晚音：？？？

庾晚音還沒想好怎麼為命運搏鬥一下，侍衛的動作又停住了。

床幔中的聲音帶了一絲煩躁：「她不留下侍寢就得死嗎？」

侍衛：？

侍衛不解其意，總之跪地謝罪肯定沒錯，「陛下饒命。」

暴君更不耐煩了，庾晚音只看見那蒼白的手隨便揮了揮，所有宮人魚貫退出，偌大的殿中頓時只剩下她。

庾晚音跪了半天，見暴君沒有開口的意思，大著膽子伸手挑開床幔。

當朝皇帝夏侯澹，姿容絕世。

庾晚音看文的時候就在內心吐槽，原文作者肯定是個顏控，不僅將男主角端王的臉龐形容得天上有地上無，就連身為反派的皇帝都貌美得毫無必要。

此時近距離一看真人，衝擊力更大。

眉眼如墨，唇紅似血，長得沒有一絲正派氣息，陰沉沉的戾氣纏繞在眉目之間，像千年高僧都超度不了的妖孽。

庾晚音頂著個狐狸精妝容，跟他一打照面，就深刻地理解了「小巫見大巫」的字面意思。

對方沒想到她會湊過來，皺眉看著她，仍舊沒說話。

庾晚音被他的氣勢所懾，準備好的臺詞拋到了九霄雲外。

兩人就這麼莫名其妙地四目相對，僵持半晌，夏侯澹薄唇一張，終於開口：「那個誰……」

庾晚音：？？？

庾晚音提醒道：「庾嬪。」

當朝暴君從善如流道：「庾嬪啊，妳自己打個地鋪湊合一晚吧。」

說完原地翻了個身，就想入睡。

庾晚音整個人都傻了。

她僵在原地，回憶著見面以來這皇帝的一言一行，仔細琢磨著那一絲詭異的似曾相識的感覺，終於忍不住試探道：「……陛下？」

當朝暴君再度不耐煩地轉過頭，「還有什麼事？」

庾晚音夢遊般地問：「How are you？」

夏侯澹沉默良久，眼眶一紅，「I'm fine, and you？」

十分鐘後，原文裡的兩大反派相對而坐，開始互通有無。

夏侯澹道：「我兩個小時之前剛穿進來。那時我正躺在遊輪上，曬著太陽喝著香檳玩手機，手機裡跳出一個弱智廣告頁，推了這篇文給我……我眼睛一閉一睜就成這樣了。」

庾晚音道：「兩個小時之前？曬太陽？那時我正在下班路上，天都黑了，難道你在大洋彼岸嗎？」

夏侯澹點頭：「度假。」

庾晚音無語了，「你該不會是傳說中的霸道總裁吧？」

夏侯澹道：「霸不霸道我不知道，但我確實是個總裁，日子過得挺滋潤的。」他說到此處又是一搥膝蓋，「可惡啊！怎麼到了這麼個洗澡都沒蓮蓬頭的地方，還頂著顆腦瘤等死！」

他頂著那張蛇蠍美人臉，兩片殷紅的薄唇上下翻飛，場面異常迷幻。

庾晚音強迫自己接受這個設定，「……你先冷靜，你偏頭痛或許不是因為腦瘤，畢竟如果是腫瘤壓迫神經的話，應該還有別的臨床症狀。」

「真的嗎？妳確定？」

「不確定啊，我猜的。往好的方面想，萬一你是被人下了慢性毒藥呢。」

夏侯澹：？

夏侯澹道：「妳看過這篇文沒？我現在到底是什麼境況？」

庾晚音道：「看是看了，但是看得一目十行，不是很仔細。簡單來說，你媽恨你，你哥端王也恨你。你的妃子恨你，你的臣子也恨你。按照原著安排，我也恨你。」

「我做了什麼十惡不赦的事？」

庾晚音嘆了口氣，道：「你媽並不是你親媽，沒有好好教育你。你又患有偏頭痛，從小性格偏執，殘暴嗜殺。現在朝中的忠臣已經被你殺的殺，流放的流放。你還出臺了一堆垃圾政策，搞得民怨沸騰。按照原文發展，你將在接近結尾處被端王替天行道。」

夏侯澹道：「……我怎麼死的？」

庾晚音仔細想了想，說：「忘了，那時候我看得十分疲憊，連跳了好幾頁。好像是被刺殺的，但到底是哪年哪月、誰來刺殺，我就真的說不出來了。」

庾晚音開始相信面前之人真的是個見過風浪的總裁了。因為他沉思良久，居然心平氣和地問：「那妳呢？妳這個角色，看臉似乎也不是好人。」

庾晚音承認：「是反派。按理說這種言情文女主角，身邊都有一堆極品家人和背後捅刀的閨密。由於我是個反派，所以沒有這麼詳細的設定。我好像是被家族送進宮當棋子的，但我愛上了端王，於是處處對炮灰女使絆子，最後自然是輸得很慘。你死之後，我也給你陪葬了。」

夏侯澹道：「哦。」

他們對視一眼，在這一瞬間達成了共識：要想活下去，必須戰略合作、「狼狽為奸」。

夏侯澹提出第一個提案：「我現在就把他們兩個殺了。」

他終於說了一句與自己的臉不違和的臺詞。

庾晚音搖搖頭：「八成不可行。你的權力已經被架空得差不多了，想殺端王沒那麼容易。而且他們兩個才是原作裡的天選之子，所有主線劇情都是為他們服務的。如果直接把他們殺了，等同於讓這本書腰斬。到時候我們還能不能活下去，就是未知數了。」

「所以妳有什麼提案？」

「只能先控制變數，一點一點地改變劇情，看看會引發什麼後果，再做打算……」

夏侯澹豎起一根手指，「慢著。在原作裡，我們這兩個角色並不是穿書的吧？既然我們來了，炮灰女還會被穿嗎？如果我們三個都是穿的，那端王呢，還是原主嗎？」

庾晚音道：「我有個主意，可以確認他們的身分。」

第二天，炮灰女謝永兒正在鏡前梳妝，小丫鬟突然小跑進來，興奮道：「小姐，聽說陛下要舉辦一場宮宴，所有妃嬪都可參加呢。妳可要好好打扮一番，我近日學了兩個時興的髮型……」

謝永兒笑道：「妳的點子真多。」她看似柔順和善地任由丫鬟搗鼓自己的頭髮，眼中卻閃過一絲暗光。

誰也不知道，所謂的「謝永兒」已經換了芯子，此時此刻，掌管她身體的是穿進書中的馬春春。

馬春春並不知道世界上存在一本名叫《穿書之惡魔寵妃》的穿書文，也不知道已經有人從更高處閱覽過自己的一生。對她來說，自己是在瀏覽一本名叫《東風夜放花千樹》的宮鬥文時穿進了這個世界，是全場唯一的真人，全知全能，掌握著所有紙片人的命運。

比如，女主角庾晚音已經對端王夏侯泊芳心暗許，在昨夜因服侍皇帝不周而被打入冷宮。今天，端王會在冷宮門前與她再次邂逅，結下情緣。

而自己要做的，就是搶在她之前，在半路上堵住端王，將原本屬於她的劇情主線據為己有。

想到此處，謝永兒狀似無意地轉頭問丫鬟：「晚音姐姐昨夜去侍寢，也不知道現在如何了。可有消息傳出？」

丫鬟道：「聽說陛下昨夜龍心大悅，今早下了旨，將庾嬪封為庾妃。」

謝永兒手一抖，一支釵子掉到桌案上。

怎會如此？難道是自己的到來，讓原本的劇情線產生了偏差嗎？

但是沒關係，她可以穩住。只要牢牢抓住主線劇情，她的前路就是一片光明。

謝永兒換了身不顯身分的便服，化上了引以為傲的精緻妝容，憑著對《東風夜放花千樹》原文的記憶，在後宮兜兜轉轉，早早摸到了冷宮附近，在端王的必經之處守株待兔。

她知道再過不久，端王就會來此地，與宮中的線人暗通情報。

片刻之後，果然有腳步聲傳來。謝永兒回頭，只見年輕的王爺緩步而來，一身白色蟒袍，頭戴金冠，腰繫玉帶，清貴無匹。

他驟然在冷宮附近遇到人，絲毫不顯慌亂，只是自稱迷路，帶著令人目眩的翩翩風度向她問路。

謝永兒含羞帶怯地回望過去，成功捕捉到對方眼中的驚豔。

她沒有表明身分，只說：「我帶你去吧。」

他們並肩同行，相談甚歡。直到接近目的地時，她才退了一步，道：「再往前我就不方便去了，殿下慢行。」

端王一愣，問：「妳是何人？」

她這才自陳身分：「臣妾乃是宮中嬪妾。」

端王眼中流露出一絲失望之色，「我還當妳是女官……」

謝永兒看著他依依不捨的背影，嘴邊揚起一絲笑意。

大局已定。

翌日，謝永兒還是不得不赴宮宴。

她隨著其餘妃嬪按照品級魚貫落座，悄悄抬頭，望見傳說中的暴君。

夏侯澹一手撐在案上，懶洋洋地斜坐著，長髮未綰，流瀉而下，豔色近妖。如果不知道此人皮囊之下殘暴的本性，恐怕只看一眼便要被其蠱惑，摔得粉身碎骨。

令她驚訝的是，暴君身邊竟然有一道倩影緊緊與其挨著，斟酒添菜，小意服侍。

庾晚音封了妃，連裝備也升級了，石榴宮裙金步搖，春風得意的笑臉燦若煙霞。她本就生得嫵媚，再與夏侯澹湊到一處交頸貼耳，場面堪稱失控，就跟盤絲洞開張了似的。

謝永兒有些詫異。看來自己的到來確實更改了劇情，這庾晚音竟然沒有惹怒暴君進冷宮，而是得了他的歡心，還封了妃。

當然，自己並不稀罕那短命的妃位，誰能笑到最後還未可知。

想到這裡，她越發低調，只管低頭混在人群裡，並不想引起不必要的注意。

然而事與願違，酒過三巡之後，她聽到庾晚音千嬌百媚地進言：「陛下，現在氣氛正好，不如讓眾位姐妹獻上歌舞，一展才藝啊。」

謝永兒知道這女主角肯定提前準備了歌舞，想藉機出風頭，心中不屑地冷笑。

偏偏那暴君不知被她灌了什麼迷魂湯，拍手稱讚道：「好主意，要是誰演得不好，便就地埋了吧。」

妃嬪們頓時篩糠似的抖成一片。

謝永兒冷眼看著堂上那對草菅人命的惡人，殊不知那對惡人正在用眼神交流。

夏侯澹：我演過頭了？

庾晚音：沒有，挺還原的。

妃嬪們為了保命紛紛獻藝，一時絲竹聲聲。

謝永兒是穿書來的，並沒有學過什麼古代歌舞。但她也不怵，胸有成竹地搬出個東西，寂寞如雪地往堂上一坐。

「陛下，這是臣妾閒來造出的一樣樂器，獻醜了。」

夏侯澹道：「嗯，這東西……」

是吉他。

夏侯澹在桌子底下猛掐自己的大腿，以免笑場。

夏侯澹繼續道：「……看著挺新鮮。」

謝永兒寂寞如雪地彈出第一句。

庾晚音把頭埋得很低，努力控制表情。

是〈卡農〉。

夏侯澹道：「……好，好。」

庾晚音低頭，恰好看見他猛掐自己大腿的動作，頭頓時埋得更低了。

謝永兒彈著彈著，錯了一個音，但是仗著全場無人知曉原曲，面無愧色，一臉坦然。

庾晚音也開始掐自己大腿。

謝永兒一曲結束，見庾晚音氣得面容扭曲，不由得生出一絲快意。妳是女主角又如何？我照樣可憑著才學絕地翻盤。

夏侯澹道：「好、好。」

一曲彈罷，謝永兒回席了。

夏侯澹舉杯喝酒，藉著酒杯遮掩低聲說：「是穿的。」

庾晚音點點頭回：「顯然。」

夏侯澹道：「而且看起來好像不太聰明的樣子。」

庾晚音道：「不不不，勸你不要小瞧她。」

恰有內侍稟報道：「端王來了。」

夏侯澹放下酒杯，陰惻惻地笑了一聲，笑得身周眾人又抖了抖，才道：「可算來了。」

端王夏侯泊上前行禮。夏侯澹懶洋洋地賜了座，問道：「皇兄此去戍邊，可還順利？傷勢已大好了？」

端王之前自請隨軍去戍邊，打了幾場漂亮的勝仗，還與幾個武將打成一片。他智勇雙全，早已聲名在外，邊境的百姓只知有端王，竟不知朝中皇帝姓甚名誰。

但他面對皇帝卻一派溫良和善，笑道：「臣無能，騎馬時滾了一跤。已無大礙。」

庾晚音雞皮疙瘩都起來了。

她剛才還頻頻笑場，此刻對著這麼個笑面虎，終於切實感受到鍘刀懸在頭頂的涼意。

這位大兄弟如果也是穿來的，那奧斯卡欠他一座小金人。

夏侯泊陪著皇帝聊了幾句，目光不經意地掃過席間，與謝永兒對上了。

謝永兒心頭狂跳了一下，忽然聽見皇帝指著自己說：「這位謝嬪剛剛還在拿自創的樂器彈小曲，挺有趣的。」

夏侯泊的目光落在她的吉他上，眉頭微微一挑，並未露出其他表情，「哦？」

夏侯澹便吩咐她：「再彈一首給皇兄聽聽。」

謝永兒這次彈的是〈愛的羅曼史〉。

這首她應該很久沒練了，又沒有樂譜，索性放飛自我，彈得相當天馬行空，時不時自創節拍。

夏侯泊垂眸聆聽，舉杯淺啜，似乎樂在其中。他既沒露出新奇的神色，也沒有任何笑場的跡象。

謝永兒纖纖玉指撥著弦，悄然抬眼朝他望去，眸中似是春水脈脈，近看才會發現閃爍的全是求生欲。她要牢牢抓住天選之子的心。

夏侯泊沒在看她。

他不著痕跡地瞥了皇帝身旁的庾晚音一眼，神情若有所思。

謝永兒心裡「咯噔」一聲，又彈錯了一個音。

她這一彈錯，庾晚音的視線「唰」地射向端王，目光炯炯，被夏侯澹拿手肘一推，才眨眨眼收斂一下銳光。

夏侯泊驟然與這雙眼睛相對，還是一副波瀾不驚的樣子，溫文爾雅地一笑。

一曲聽罷，他拊掌笑道：「果然仙音悅耳。」

庾晚音失望地收回視線。

身旁的夏侯澹動了動嘴角，低聲問：「再來一首？」

庾晚音道：「應該沒用，他要麼是沒穿，要麼就是不聽音樂。」

夏侯澹道：「妳去做套健康操？」

庾晚音難以置信地看了他一眼。敵友未明，怎麼能一上來就暴露身分？

夏侯澹也反應過來，不說話了。

夏侯泊將皇帝與這新晉寵妃的親密互動盡收眼底，小坐片刻後便溫聲請辭了。

宮宴結束，夏侯澹長嘆一聲：「無法判斷他有沒有穿啊。」

「我本來真心希望他已經被穿了。」庾晚音道：「因為原主跟你之間，可謂仇深似海。」

夏侯泊作為原文男主角，走的是復仇路線。

他雖然先於夏侯澹出生，卻是身分低賤的宮女所出。那宮女只是皇后的侍女，被先帝看上承了雨露，母憑子貴封了個嬪。皇后表面上與她姐妹相稱，卻在某次宮鬥被人抓住把柄後，毫不猶豫地將她推出去揹了鍋。

宮女被杖斃時，夏侯泊已經記事，親眼看著母親慘死於面前。

兩年後，皇后誕下太子夏侯澹。又過兩年，皇后病逝。

後來，皇帝冊封了新的皇后。那位年輕的繼后，也就是如今的太后，膝下無子，成了太子名義上的母親。她樂於在人前彰顯對太子的溺愛，方式通常是欺凌其他皇子。宮人看她臉色行事，更是變著法子折辱那些沒有靠山的小崽子。

夏侯澹念書時說了句「無聊」，夏侯泊便被叫去當陪讀，那之後的每一天都像在地獄裡苦苦掙扎——小太子總是在頭痛，而他頭痛的時候，身邊必須有人比他更痛。

夏侯泊成年後出宮分府的那一日，心中只剩四個字：血債血償。

如果這位端王還是原主的話，他跟夏侯澹之間絕無講和的餘地，不是你死就是我亡。

他會一步步蠶食皇帝的勢力，直到將之踩在腳底，永世不能翻身。

庾晚音原本希望他被穿，但今日一見，這傢伙如果是穿來的，就更可怕了。

畢竟，〈愛的羅曼史〉奏於耳邊而不動聲色，那絕佳的演技，那從容的氣度，尤其是那雙深沉的眸子，非野心之輩不能擁有。看來是打算來此一展身手，將成王之路進行到底了。

無論是哪種情況，情勢都相當危急。

不過，或許是錯覺，她總覺得這位天選之子今天多看了自己幾眼。

難不成自己已經露出馬腳了？

入夜後，安賢伺候著夏侯澹更衣，照例問了一聲：「陛下今日可要召人侍寢？」

便聽皇帝隨口說道：「庾妃。」

安賢心下頗為震驚，連續三晚了。

他作為服侍帝王多年的老太監，太清楚夏侯澹的心性了。這些年來，從這座宮裡拖出去的死屍都能堆成一座小山了。安賢能在此安然無恙地活到今日，已是燒了高香。

皇帝性情暴戾無常，又患有頭痛之疾，枕畔根本容不下旁人。偶有不幸被翻牌的妃嬪，通常都沒什麼好下場，一個伺候不周就要受罰。至於受罰的形式，那得看他當時的心情。

萬萬沒想到，突然有個庾晚音橫空出世，莫名其妙就得了聖寵。

這庾妃究竟有何過人之處？

安賢腦中千頭萬緒，一時沉默，陡然間感到冰涼的手指捏住他的下巴，迫使他抬起頭。

夏侯澹望向他的目光就像在打量牲口，語氣卻低柔到令人汗毛倒豎。

「有問題嗎？」

安賢打了個寒顫，「奴婢這就去請。」

安賢沒有派人通傳，而是紆尊降貴親自前去接人，甚至笑吟吟地奉上一盒雕工極精的首飾。

「庾妃娘娘如此容貌，戴上這些，陛下肯定喜歡。」

庾晚音依稀記得原作裡這個老太監，人設就是根牆頭草，曲意逢迎，欺軟怕硬。文中謝永兒上位之後，這傢伙也搞了這麼一齣示好。但謝永兒還記著他當初羞辱自己的仇，反手摔碎了首飾，找個由頭將他送進大牢。

庾晚音接過那盒首飾，商業假笑道：「多謝公公。」

安賢笑咪咪地搓了搓手，道：「娘娘若還缺點什麼，儘管吩咐。」

庾晚音想了想問：「有火鍋嗎？」

安賢：？

第二章　新晉寵妃

寢宮裡架起了小火鍋。

宮人退下後，暴君搬了把小板凳，與新晉寵妃圍著火鍋相對而坐。

庾晚音涮了塊毛肚送入口中，「我總覺得少了幾種佐料。」

「有就不錯了，吃吧。」夏侯澹無精打采地戳著盤中羊肉，「也不知道還能吃幾頓。」

庾晚音嗆了一下，「別說這種喪氣話。」

「妳不知道我上朝的時候，那氣氛有多恐怖。滿堂大臣沒有一個說正事，這個勸我去哪裡玩，那個勸我吃點什麼。怎麼講呢，就像大型臨終關懷現場。」

庾晚音道：「沒辦法，你這身體的原主把良臣全趕跑了，只剩哄你玩的。尤其是武將，現在全歸端王陣營。其實吧，你穿來的時機有點晚了，該作的大死都作完了，現在想釜底抽薪，都沒人手替你去抽……」

庾晚音置身事外般評價了幾句，一抬頭，見夏侯澹以手扶額閉著眼睛，面色慘白。

她頓了頓，問：「真有那麼痛？」

夏侯澹睜開眼睛，笑道：「原主腦子不好，怕不是被疼傻的。」

庾晚音低頭又下了塊毛肚，沒讓他看清自己的表情。

她穿來已經三天了，受求生本能驅使，腦子一刻也沒有停止運轉，一直在思量最佳生存路線。為此，她也評估過身邊這幾個角色。

天選之女謝永兒，暫時沒看出水準。

天選之子夏侯泊，無論穿或沒穿，都不是易與之輩。

而這個同是天涯淪落人的夏侯澹——說實話，除了適應能力還可以，暫時沒看出有什麼過人之處，甚至還有點不牢靠。

更何況，原主被那偏頭痛活活逼成了神經病，換成他又能抵抗到幾時？

身在死局，自己與這人聯手，真的能幹掉端王嗎？

想到這裡，她故作輕鬆地開口：「我想試試拉攏謝永兒。畢竟她是天選之女，又是端王的重要助力，能跟我們站在同一邊的話，勝算就大得多。而且仔細一想，大家都是穿來的，無非都想活命罷了，把話說開了還鬥什麼呢？」

其實她考慮的不只這些。

她不知道夏侯澹看出了多少，但他沒有提出異議，「行，明天妳去與她接觸。那我呢？」

「你……」庾晚音緩緩回憶著原文劇情，「你去接觸一個叫胥堯的人吧。他是端王的謀士，智商很高，端王有很多行動都是他在背後出謀劃策……靠，鍋燒乾了！」

兩人忙著動腦筋，不知不覺竟忽略了沸煮的火鍋。

庾晚音聽聲響不對，驚跳起來，「水、水！」

「慌什麼，這呢。」夏侯澹走去提起一旁備好的湯壺，將高湯倒了進去。

腳步聲響起。

庾晚音緩緩回頭，看見門邊滿臉震驚的小宮女。

小宮女適才雖然被摒退，但還是守在門口隨時待命。她聽見裡面傳出呼喊聲，慌忙推門進來，正看見那位酷愛埋人的暴君手提湯壺，往火鍋裡加水。

庾晚音僵硬地轉頭看著夏侯澹。

夏侯澹輕輕放下湯壺，背過手，朝那宮女瞥了一眼。

他身上明明還沾著一股火鍋味，這一眼卻瞥得目下無塵，薄唇一勾，勾出一絲冷笑。彷彿他加湯加得天經地義，只是對方該把眼睛摳出來。

小宮女雙腿一軟就跪了下去，恨不得將臉埋進地裡，「奴婢該死。」

夏侯澹又盯著她的頭頂望了三秒，才輕飄飄地開口：「滾。」語氣輕柔，帶出三分瘋勁。

小宮女滾了。

庾晚音福至心靈，回憶起初見時夏侯澹的表現，忽然用陌生的目光打量他，「你是不是演技很好？」

夏侯澹扶正小板凳重新坐下，「還可以，談生意免不了虛虛實實，練出來的。」

「……倒也不必練到這種程度吧！」

「剛說到哪了？那謀士叫什麼？」

「胥堯……」庾晚音心念飛轉，一陣振奮，「我突然很看好你。說不定你還真的能策反他。」

夏侯澹：？

庾晚音道：「這個胥堯之所以會站端王的隊，是因為你把他爹流放了。他爹是一代忠良，被你聽信讒言扣了個罪名，隨手發配到不毛之地。本來胥堯也得一起去，但端王暗中救下了他，從此讓他改名換姓藏身於王府，成了謀士。據說此人一直沒有放棄，還在暗中四處奔走，想接回老父。」

夏侯澹道：「那我去找他，就說能把他爹弄回來，條件是讓他歸順於我？」

庾晚音道：「沒有那麼簡單。他依舊會懷恨在心，質問你：『當初為何要錯勘賢愚，使家父蒙受不白之冤？』」

夏侯澹陰惻惻地冷笑一聲，道：「我不過是個被蒙住雙眼、捂住雙耳的瘋王罷了，是忠是奸，還不是一本奏摺說了算？」

庾晚音被他帶著入戲，擺出一臉不忿，「陛下既然已知那魏太傅信口雌黃，為何仍舊重用他？」

夏侯澹愣了一下，隨即放聲大笑，「魏太傅？胥堯啊胥堯，可憐你到今天還以為是那糟老頭子害了你爹？」

庾晚音提醒道：「不是很老。」

夏侯澹道：「胥堯啊胥堯，可憐你到今天還以為是那孫子害了你爹？」

庾晚音：「……」

庾晚音道：「那是誰？」

夏侯澹湊近她，惡聲惡氣地低語：「是誰未卜先知，保下你一條小命？是誰滿臉悲憫，將你收作了看門狗？」

庾晚音倒退一步道：「你……你胡說！」

夏侯澹笑了笑，大袖一甩，轉身就走，「你大可自己去查。」

他走出兩步，又停下來，回頭問：「怎麼樣？」

庾晚音道：「厲害。」

因為無法確知寢宮內外有誰的眼線，為免引起猜疑，庾晚音這幾晚並沒有另找床睡，還是宿在龍床上。

枕頭硬，被窩涼，空蕩蕩的宮殿裡陰風陣陣。龍床中央拿衣服擺了條三八線，兩邊各躺各的，偶爾出聲，聊的也是：「文裡寫過哪個宮人摸進來下毒嗎？」

「好像沒有，但我不敢打包票。」

庾晚音以前看文的時候，還會時不時隨著感情線發出姨母笑。可如今自己穿了進來，才覺得那些穿越文太不寫實，主角跟傻子似的，都不清楚還能活幾頁，居然有心思談戀愛。設身處地，她要是夏侯澹，絕對提不起興致。

翌日清晨，她頂著黑眼圈爬起來，對鏡一看，直呼不好，當即摸出妝奩——這妝奩也是安賢賠著笑臉塞來的。

等到夏侯澹更了衣，庾晚音已經化上了全妝。

夏侯澹經過她身旁時不經意地瞥了一眼，頓了一下，又回頭仔細看了一眼，道：「妳好像有哪裡不太一樣。」

庾晚音道：「今天這個叫社畜妝。溫柔和善，任勞任怨。」

夏侯澹：？

庾晚音道：「等下要去找謝永兒拋橄欖枝，看起來慈祥點總沒錯。」她也看了看夏侯澹，皺起眉頭，「你不是要去勾搭胥堯嗎？你這臉不行，過來。」

夏侯澹：？

暴君和妖妃慈眉善目地出了盤絲洞，兵分兩路去做任務。

夏侯澹上朝去了，庾晚音便回自己的偏殿。

她還在打聽謝永兒住在哪裡，謝永兒卻自己送上了門。

謝永兒感受到危機。

昨日她明明在冷宮門口攔截了夏侯泊，抹殺了他和庾晚音情竇初開的戲碼，轉頭卻在宮宴上看見那兩人你來我往的眉眼官司。

那寵妃一邊柔若無骨地依偎在暴君身側，一邊又拿眼神吊著端王。偏偏她豔若桃李，顧盼生姿，生動地詮釋了何謂天生的女主角。

難道說，夏侯泊命中註定要被庾晚音吸引，而自己無論如何都改變不了炮灰的宿命，必須像螻蟻一樣死去？

謝永兒不信命。

她總有種感覺，自己上下班路上不會白白看那麼多權謀文和宮鬥文，天生我材必有用。

謝永兒回去之後，與信得過的姐妹團合計了一番，針對庾妃的崛起，商量出一個簡單卻有效的對策。

這天她與幾個小姐妹相約，提著精緻的點心，笑咪咪地來串門了。

謝永兒道：「姐姐如今承蒙聖恩隆眷，還請別忘了宮裡親厚的妹妹呀。」

庾晚音：「……」都是穿來的，為什麼妳說話就有那味？

謝永兒打開食盒，稱是親手做了點心，勸她品嚐。

庾晚音：「……」

她拈了一塊甜酥，既怕有毒，又覺得天選之女出招不至於如此低級，一時舉棋不定。要是真的是這個智商，大概也沒有策反的價值了。

謝永兒看著她將一口未動的甜酥放到一旁，面上毫無反應，仍舊與她親親熱熱地聊著天。

在她們身後，謝永兒帶來的小丫鬟悄無聲息地挪動腳步，靠近牆角。

庾晚音鬆了口氣。還好還好，看來還是有高級招數的。

她沒去管小丫鬟的小動作，趕緊趁機刷好感度，「別提了，什麼妃啊嬪的，到頭來都一樣。永兒妹妹，我與妳說句體己話，那聖人今日能將妳捧上天，明日就能讓妳下地獄。」

謝永兒愣了愣，原文女主角是這個設定嗎？

她身後的小姐妹倒吸一口涼氣，紛紛勸庾晚音謹言慎行。

庾晚音道：「我信妳們不會說出去。我們女人在這種地方，原就是任人擺布的棋子罷了，若是還不互相照應，豈不是遂了臭男人的願？」

謝永兒：？？？

庾晚音說的很大程度上是真心話。

她拉攏謝永兒不是為了夏侯澹，而是為了她自己。

如果謝永兒能放下弄死她的心，她一點也不想宮鬥。兩個社畜鬥什麼鬥啊，坐下吃火鍋不好嗎？

她現在與夏侯澹戰略合作是不得已而為之，內心深處並不完全信任他。就算在最好的情況下，他們贏了，夏侯澹坐穩龍椅，反手將她卸磨殺驢，也只需說一句「妳知道的太多了」。體制註定她處於劣勢。

要在這個生存遊戲裡苟活到最後，談何容易？多一個朋友就少一個敵人，天選之女的大腿不抱白不抱啊。

然而，她又不能直接攤牌：其實我也是穿的。

因為根據原文，謝永兒跟夏侯泊是一對，此時已經開始談戀愛了。她告訴謝永兒，就等於告訴了夏侯泊，而那位端王會如何利用這個情報，她心裡沒把握。

庾晚音只能用這種方式偷偷地相勸：姐妹，別戀愛腦了，忘了男人吧，我偷電動車養妳。

庾晚音的努力完全白費了。

謝永兒望向她暗含急切的眸子，心中反而漸漸冷靜。眼前的只是個紙片人，她是不會跳出原文設定的，此時莫名其妙向自己示好，無非是為了麻痹潛在的敵人罷了。

幸好自己讀過劇本。

想到端王昨夜託人送進來的香囊，謝永兒覺得一切都在駛入正軌，形勢大好。自己只需更果決些，早早將這短命女主角扼殺在搖籃就行了。

謝永兒面上還在笑著，眼中卻難免流露出一絲不耐煩。她看著還在想臺詞的庾晚音，就像在看跳梁小丑。沒必要跟一個死人浪費時間。

小丫鬟對她悄悄打手勢後，她又坐了片刻，便起身告辭了。

走出偏殿，幾個小姐妹頓時圍住她。

「怎麼樣？」

謝永兒道：「成功了，庾晚音掛在牆角的那件衣裙，裙擺處已被染上了魏紫花汁。染得很隱蔽，她自己絕對發現不了。接下來只需等她穿上那衣裙，我們便可行動。」

「魏紫」是花名，只在牡丹園的一角種了幾株。

小姐妹中猶有人擔心，「只憑幾滴花汁，能成嗎？」

謝永兒笑道：「陛下多疑。」

「……」

跟在她身後的楚嬪遲疑片刻，小聲開口：「那庾妃生得妖豔，說起話來，倒像是性情中人。」

謝永兒沒有接話。

胥堯走出御書房，胸膛裡一顆心臟還在狂跳。

他是被祕密請進宮來的。

來的時候，他已經做好了九死一生的準備——那暴君會找他，就說明已經發現他隱藏的身世，說不定還知曉了他仍在暗中奔走，試圖從流放地接回老父。

但他萬萬沒想到，御書房裡等待自己的會是這樣一席談話。

夏侯澹不僅沒有殺他，還說可以饒恕他父親。

想到夏侯澹字裡行間暗示的意思，胥堯仍覺得不敢置信，當初魏太傅進言嫁禍於他父親，背後授意的，竟是端王？而端王轉頭又救下自己，兜兜轉轉一大圈，僅僅是為了將自己收作謀士？

胥堯不相信。

誰不知道那皇帝昏聵暴戾，就是個瘋子？

瘋子……會說實話嗎？

胥堯滿腹心事地出了宮，片刻之後，夏侯澹從御書房走了出來，隨手抹了抹泛紅的眼角。

他剛才演得太投入了，說到自己被人蒙在鼓裡難辨忠奸那一段，甚至還掉了兩滴淚。

胥堯當時的表情就像見了鬼。

天氣晴好，夏侯澹揮手遣退了龍輦，信步朝御花園走去。

庾晚音午睡過後換了身涼快點的衣裙，跑出偏殿曬太陽，不覺走到了御花園。

她正觀察著池塘裡的游魚，就聽到一陣急促的腳步聲。一個小太監朝她快步跑來，尖聲道：「娘娘，大事不好！」

庾晚音問：「怎麼了？」

小太監驚慌失措，口中含含糊糊說不出個所以然來。庾晚音依稀聽見「陛下」二字，朝他湊近了些，問：「什麼？」

她剛湊近，小太監驚呼一聲，順勢朝後倒去，一頭栽進池塘。他慌亂地撲騰幾下，口中喊道：「庾妃娘娘饒命啊，奴婢知錯了！」

庾晚音：「……」

她有所預感，緩緩回頭。

夏侯澹就站在十步外。

夏侯澹：「……」

庾晚音：「……」

夏侯澹看了這宮鬥文經典嫁禍現場一眼，轉身就走。

還在池塘裡撲騰的小太監：？

夏侯澹沒走幾步，小太監自己爬了上來，嘶聲道：「陛下，奴婢有事要奏。」

跟在旁邊的安賢道：「放肆！」

小太監不管不顧，口條突然變得驚人地好：「奴婢只是偶然間看見庾妃娘娘與一個男人同行，瞧背影似乎是個侍衛，被奴婢撞破就逃走了。奴婢多嘴問了娘娘一句，她竟將奴婢推入水中……」

夏侯澹道：「拖下去。」

侍衛愣了，「……陛下，拖誰？」

夏侯澹一指小太監。

小太監：？？

小太監垂死掙扎：「敢問娘娘今日有沒有到過牡丹園！」

庾晚音看他演得實在辛苦，捧場道：「沒有。」

小太監道：「那妳的裙角怎會有魏紫花汁？」

夏侯澹道：「拖下去。」

小太監：？？？

小太監被拖出三十公尺遠，仍舊不敢相信，用盡全力叫道：「陛下，奴婢還有證人！」

夏侯澹問：「在哪？」

侍衛停了手。

一個老宮人顫顫巍巍上前，跪地道：「啟稟陛下，老奴一直在牡丹園打掃……」

夏侯澹打斷：「一起拖下去。」

老宮人：？

一旁看戲的庾晚音眼睛都直了。

不是，看戲就看戲，您怎麼還狂按快轉的？

眼見著兩個告狀的都被拖遠了，夏侯澹又跟沒事人似的準備甩袖走人，庾晚音不得不咳嗽了一聲。

夏侯澹停下腳步望著她：？

周圍全是宮人，庾晚音努力用眼神傳遞訊息：大哥你OOC[2]了，雖然我不知道瘋子應該是什麼樣，但肯定不是你這樣。

夏侯澹頓了頓，好像真的領悟到了什麼，他緩步走到她面前，冰涼的手指猶如毒蛇般纏繞而上，撫上她的側頸。

他的語氣堪稱含情脈脈：「愛妃，妳不會背叛朕吧？」

庾晚音怯生生道：「臣妾對陛下的心意天地可鑑，陛下若是信不過臣妾……」

「怎麼會信不過呢。」夏侯澹摸了摸她的臉，「朕信不過的人，都已經死了。」

周圍的宮人紛紛低下頭，盡力降低存在感。

夏侯澹又笑道：「是誰嫁禍於妳，愛妃心中可有猜測？」

2 OOC，Out of Character的縮寫，意為「不符合個性，預料不及」，常出現在角色扮演和同人文學中，指角色做出了不符合原著作品設定的舉止，有了原角色不可能做出的行為。

還能是誰，謝永兒唄。

這可是拉攏天選之女的好時機，庾晚音果斷說出挑好的臺詞：「臣妾不知。」

「真的不知？」夏侯澹陰森森地問。

庾晚音露出隱忍大度的苦笑，「陛下日理萬機，無須為這等瑣事煩心，況且臣妾也不願傷了後宮姐妹們的和氣。無論是誰，相信事情敗露，她心中也已悔過，陛下就給她一次機會吧。」

四周宮人聽得眼皮直跳。

千年的狐狸精突然扮聖女，指望著唬誰呢？

夏侯澹愣了愣，面色一緩，「愛妃竟有此心。」

唬到了！

四周宮人呼吸急促。

這一天，庾晚音的大名傳遍後宮所有角落。

謝永兒聽小丫鬟複述完案發現場的對話，眉頭一動，露出困惑的神色。

暴君竟對庾晚音信任到如此地步？更奇怪的是，庾晚音為何不指認自己？

因為她太笨，沒懷疑到自己頭上？應該不太可能。

因為她沒有證據，單憑一句話無法加害於自己？但依那暴君的性子，明明不需要任何證據……

排除異己的大好機會，庾晚音就這麼輕輕放過了。

謝永兒想起她那句「互相照應」，心念微轉，緊接著又覺出幾分可笑來——《東風夜放花千樹》全文裡，庾晚音遊走於皇帝和王爺之間，長袖善舞，滴水不漏，別的妃嬪全成了她成功路上的墊腳石。

如此演技，她說的話沒有一個字可信。

是夜，盤絲洞第一屆工作交流會議在小火鍋前勝利召開。

庾晚音道：「拉攏工作不太順利，謝永兒好像對我築起了很高的心防，一心當我是紙片人。」她嘆了口氣，「我又不敢冒著被端王發現的風險，跟她說大家都是真人……」

夏侯澹道：「不是啊。」

庾晚音道：「啊？」

夏侯澹道：「妳仔細想想，妳是真人，她不是。她是《穿書之惡魔寵妃》裡的角色，她的穿越者身分都是原作給的，包括性格和思考模式，都是早已設定好的。妳想勸她反水，應該很困難。」

庾晚音沒有往這個方向想過，此時經他提醒，才驚覺自己潛意識裡一直把謝永兒當成同類。

其實並不是同類嗎？

她一時有些沮喪，勉強掙扎道：「也別那麼快下結論，再看看吧。你跟胥堯談得怎樣？」

夏侯澹道：「我說我召回他父親只是一句話的事，他是聰明人，知道該拿什麼來換。但他走的時候失魂落魄，應該是受到衝擊，還在糾結要信誰呢。」

「挺好挺好，就照這個方向繼續。你現在沒有自己的勢力，要在夾縫中求生，必須攪亂一池渾水。」庾晚音幫他分析，「我這幾天一直在絞盡腦汁回憶原文。朝廷中的官員，七成是太后黨，三成是端王黨。」

夏侯澹問：「太后有可能幫我嗎？」

「你想得美。她是你後媽，年紀輕，心高氣傲，嫌你不聽話，一直將小太子養在身邊，想越過你當呂武[3]呢。不過你放心，書裡她一直在瞎折騰，到最後也沒翻出什麼水花，你還是被王爺幹掉的……」

夏侯澹錯愕道：「小太子？」

「你兒子。」

「我有兒子？」

3 呂武，此處指漢高祖的皇后呂雉和唐代的武則天。

「……」

庾晚音道：「有，就這一個，你十五歲時生的，今年七歲。」

夏侯澹花了半分鐘消化這則消息。

夏侯澹道：「那，我兒子的媽……」

「死了。好像是生完孩子病死的。」

夏侯澹苦笑道：「我現實裡都還沒結婚。」

庾晚音道：「不要在意這種細節。」

太后勢大，外戚把持朝綱，黨同伐異，搞得朝堂上人人自危。但這一派大多是些渾俗弄臣，成日貪贓枉法，只會耍耍嘴皮子功夫，把暴君哄得暈頭轉向。

而一群武將口舌笨拙，被太后黨的文臣欺壓多時，不知不覺，已被端王悄然納入了麾下。

庾晚音道：「我想了又想，只有一條路：讓他們內鬥。反正光腳的不怕穿鞋的，你可以隨便挑撥離間，最好引得他們殺個昏天黑地，再趁機渾水摸魚。至於怎麼演……」

夏侯澹比了個「OK」的手勢，說：「我即興發揮。」

盤絲洞第一屆工作交流會議圓滿結束。

吃完火鍋，庾晚音又想起一件事，「其實你被篡位有一個最大的導火線，是因為一場旱災。」

「什麼時候？明年？後年？」

「我不知道，在全書差不多三分之二的地方。」

夏侯澹：「……」

一目十行、不求甚解的庾晚音有些理虧，努力將功補過回憶細節，「旱災一來，國庫空虛，民不聊生。你非但沒有想辦法賑災，還聽信奸臣進言，大興土木造了個什麼神宮，用來祭天。餓死的人多了，到處都在舉旗造反，場面一片混亂……然後你就被刺了。」

夏侯澹道：「但妳不記得刺客是誰，也不記得是哪一天。」

庾晚音回：「……在倒數十幾頁的地方。」

夏侯澹扶額：「妳能記點有用的嗎？」

庾晚音怒道：「現在說這些也晚了，有總比沒有好吧！總之你被刺後端王打著勤王的旗號入宮，但你傷重不治。百官進言，說此時舉國情勢危急，太子年幼不堪大任，求他當皇帝穩固江山。於是他臨危上任，勵精圖治，終成一代明君。」

夏侯澹道：「我看出來了，妳看書時喜歡端王。」

庾晚音道：「……視角，視角決定立場。」

庾晚音繼續將功補過，「我覺得可以從根源上杜絕這場災禍！我們現在就去搜尋抗旱的作物，想辦法鼓勵大面積種植。」

夏侯澹豎起拇指。

庾晚音道：「事關重大，必須隱蔽行事，交給別人我不放心。我想去藏書閣翻翻資料。」

夏侯澹道：「那我就找個由頭，說妳要編書，把妳送進去。」

庾晚音道：「行。」

庾晚音心中竊喜。

這藏書閣建於皇宮邊緣處，有兩扇大門，一扇對內，一扇對外，以供大臣入閣閱覽。

她總得為自己留條後路，萬一夏侯澹玩不過夏侯泊，到時勤王的兵馬長驅直入，她說不定還能玩個狡兔三窟。

庾晚音剛想到此處，就聽夏侯澹補充道：「這樣也好，哪天我死了，妳在藏書閣喬裝打扮一下，說不定還能逃出生天。」

庾晚音愣了愣，心中一時說不出是什麼滋味。

這日早朝，中軍洛將軍班師回朝。

洛將軍驍勇善戰，先前燕國來犯，被他一舉打退了三百里——這本書的地理是架空的，大致在周邊設了些小國。

夏侯澹坐沒坐相地斜倚在龍椅上，一手按著太陽穴，敷衍了事地誇了幾句場面話，又道：「還得多謝洛卿照顧朕的皇兄。」

洛將軍道：「臣惶恐。」

夏侯泊就站在他斜後方，恭恭敬敬垂著腦袋沒有抬頭。

夏侯泊先前參軍戍邊，與將士們一同出生入死，早已混得情同手足。但洛將軍回來之前聽了端王的囑咐，在皇帝面前要表現出彼此並不熟識的樣子。

夏侯澹敷衍道：「嗯，賞點什麼呢……」

「陛下，臣有本奏！」戶部尚書出列，「洛將軍前日申領軍餉，不知為何比往年多了兩成。」

這戶部尚書正是太后黨的蛀蟲之一，扒著油水最多的戶部，食得腦滿腸肥。

「今年各地收成不好，國庫存糧大半用去賑災了，洛將軍這一下獅子大開口……」

一時間，太后黨紛紛出來拱火，圍著洛將軍橫挑鼻子豎挑眼。而端王黨慣於蟄伏，並沒有人出來表明陣營。

洛將軍一介武夫，說不過這麼多文臣，臉都憋成了紫紅色，滿腔殺氣幾乎掩蓋不住，直勾勾地抬眼瞪向皇帝。

夏侯澹問：「皇兄以為如何？」

夏侯泊：？

夏侯泊沒想到一貫獨斷專行的皇帝會突然把球踢給自己，醞釀一下才應對道：「既然存糧不夠，陛下心繫萬民，中軍理當為陛下分憂。」

夏侯澹微不可見地勾了一下唇角，眼底全是嘲諷。看來這「偉光正」的王爺，也並沒有真的把這些將士放在心上。

夏侯泊琢磨著讓將軍先記恨上皇帝，而自己囤了些私糧，回頭可以祕密接濟過去。雖然分到那麼多兵卒頭上不過杯水車薪，但至少姿態是擺出來了。

他還想說點什麼安撫洛將軍，卻聽堂上的暴君突然問道：「朕就不明白了，軍餉年年都是這個數，今年怎麼就突然不夠吃了？難道是邊疆日子過得太滋潤，一個個都長胖了？」

戶部尚書帶頭大笑，朝堂裡充滿了快活的氣息。

洛將軍終於忍不住爆發：「陛下，請容臣呈上一物，好叫陛下看看你的將士每天吃的是何物！」

兩個麻袋被呈了上來，安賢上前伸手入袋抓了一把，轉而送到夏侯澹面前。只見枯黃的米粒裡摻了三成細沙碎石。

洛將軍道：「這便是戶部發來的軍餉！」

戶部尚書尖聲笑道：「何處弄來的糙米，就敢顛倒黑白，欺瞞聖上？陛下明察秋毫，怎會信你！」

蒙蔽皇帝多年的文臣紛紛加入了冷嘲熱諷的隊伍，朝堂裡再次充滿快活的氣息。

夏侯澹站了起來。

他走到御前侍衛身邊，順手抽走了侍衛的長劍，大步跨下玉階，直直朝著臣子們走去。

皇帝又發瘋了。

戶部尚書起初還在看熱鬧，漸漸發覺他腳步的朝向，笑容逐漸消失，「陛下！」

夏侯澹提劍衝向他。

戶部尚書倒退幾步，摔了個四腳朝天，又爬起來邊逃邊喊：「陛下！」

夏侯澹窮追不捨。

戶部尚書繞柱走。

看呆了的侍衛們終於反應過來，搶上前摁住戶部尚書，一人捆手，一人按腳，將他固定在原地，回頭望著夏侯澹。

夏侯澹氣喘吁吁地停住腳步，對著侍衛笑了一下，「怎麼，等著朕動手呢？」

侍衛：「……」

侍衛一劍結果了戶部尚書。

朝堂裡落針可聞。

夏侯澹有些踉蹌，按著頭坐回龍椅，「他笑得太大聲了。」

眾臣：「……」

夏侯澹指了指洛將軍，道：「你，自己去戶部領軍餉。」

洛將軍整個人還沒回過魂，好半天才磕頭道：「謝陛下！」

太后黨們有意無意地瞥向夏侯泊。

夏侯泊仍舊斂眉立於原地，一臉憂國憂民，沒有露出絲毫得色。

夏侯泊回了王府，召來謀士商議此事。

夏侯泊道：「皇帝突然發瘋，真是偶然嗎？這下戶部尚書一死，太后黨定會把這筆帳算到我頭上，回頭便會反撲。」

胥堯道：「……至少中軍將士可以吃上好飯了，是好事。」

夏侯泊奇怪地看了他一眼，彷彿驚訝於他突如其來的天真，「中軍將士吃得好了，便不恨皇帝了。」

胥堯一向信奉成大事者不拘小節，也感激端王的知遇之恩，從來不覺得與他謀劃的事情有什麼不對。然而此刻，他卻感到一股涼意躥上背脊，那瘋王的話語又在耳邊響起——「是誰滿臉悲憫，將你收作了看門狗……」

胥堯能感覺到夏侯泊在看自己。他迅速轉移話題：「皇帝今日的舉措確實有些突兀。他最近寵幸的那個庾妃，是怎樣的人？」

與此同時，下了朝的夏侯澹正在和庾晚音談夏侯泊，「惡人，絕對的惡人，有沒有穿都是惡人。」

庾晚音道：「這樣很危險，我們必須想辦法比他更惡。」

夏侯澹道：「他手下那個胥堯，這幾日應該會去調查當年的事。可惜，沒有什麼不利於端王的證據……」

庾晚音道：「證據這種東西，可以偽造呀。」

夏侯澹道：「妙啊。」

庾晚音獰笑著與他擊掌。

夏侯澹道：「不，我轉念一想，『進讒言栽贓良臣』這種事本來就不太會留下痕跡，他要是能找到證據，反而可疑。」

庾晚音道：「那我們這樣，先告訴他，為免端王起疑，只能將他的老父祕密接回，莫要讓端王知道……然後，在接回他老父的過程中故意出點紕漏，讓他以為已經洩密。」

夏侯澹懂了，「最後再找個人去暗殺他老父，扣到端王頭上？」

庾晚音補充道：「但你的人要千難萬險、九死一生地救下他的老父。」

夏侯澹道：「妙啊。」

庾晚音獰笑著再次與他擊掌。

藏書閣臨水而建，窗外波光粼粼，風景相當不錯。

庾晚音辦了個入職手續，便堂而皇之地坐了進來。

她全神貫注地查了兩小時的作物資料，一無所獲，注意力漸漸渙散。社畜摸魚的本能戰勝了理智，開始在宣紙上亂塗亂畫。

便在此時，藏書閣門外有小太監唱名道：「端王到——」

為了避嫌，庾晚音的書案設在二樓深處的窗邊，旁人若無手諭上不了這一層。

但宮人慣會見風使舵，知道必須給誰行方便。庾晚音隱約聽見樓下傳來幾句人聲，也不知夏侯泊說了什麼，接著便有腳步踏上樓梯的動靜。

腳步聲不急不躁，每一步都踏得很穩。庾晚音透過書架的縫隙朝樓梯口望去，便見夏侯泊走了進來。

他今天的穿著頗有魏晉遺風，寬袍廣袖，長髮半束半披。這般閒步走來，端的是皎皎如月，擲果風標。天選之子顏值制霸，饒是庾晚音清楚後事，知道他手腕有多可怕，這一眼望去也不得不誇一句「美人」。

幾秒後又有一人跟上樓，做布衣文士打扮，一臉苦大仇深，仔細一看好像還易了點容，想來應該是胥堯。

他們到這裡來做什麼？

庾晚音不動聲色坐在原地，仔細設想一下如果自己是原主的話，此刻應該是何表現。

——哦，原主暗戀端王來著。

那兩人一副認真找書的樣子，左瞧瞧右看看，慢吞吞地靠近庾晚音所在的角落。

庾晚音：「……」

演，就硬演。

夏侯泊終於不經意地偏過頭，似是剛發現庾晚音的存在，驚訝道：「庾妃娘娘。」

庾晚音慌忙站起身，含羞帶怯地與他見禮，「端王殿下。」

按照原作設定，夏侯泊跟庾晚音有過一面之緣，是在她入宮之前，元夜的花市上。她偷跑到長街玩耍，偶遇了微服的夏侯泊。

於是少女對神祕俊美的青年一見傾心，回家後害了相思，不肯入宮為嬪。而夏侯泊雖然與她相處愉快，但回頭就淡忘了此事。

後來庾晚音被家人逼迫含恨入宮，冷宮再遇端王的戲份又被謝永兒搶了，以至在《穿書之惡魔寵妃》裡，庾晚音全程單戀，夏侯泊則郎心似鐵，只戀謝娘。

庾晚音不確定眼前這個夏侯泊是不是原主，更猜不出他為何要來找自己。為保險起見，還是照著劇本來吧。

庾晚音悄悄抬眼看他，眸中似有如煙輕愁，「殿下為何來此？」

「想尋一本書，方才卻沒找到，許是記錯了。」夏侯泊張口就來。

庾晚音道：「那……殿下說說書名，我也幫著找找。」

夏侯泊沒有接這個話，微笑著看她，「聽聞娘娘在此編書？」

庾晚音低頭道：「整理些詩文罷了，是陛下見我成日待在偏殿無聊，替我尋了點事做。」

「娘娘柳絮之才，令人欽佩。」

離得近了，可以看出夏侯泊與夏侯澹確實是兄弟。

他們都生得很白，五官也有七八分相似。只不過夏侯澹的蒼白帶著點病態，眉眼陰沉，就差將「反派」二字刻在腦門上了。夏侯泊卻如玉雕而成，疏朗和煦，光風霽月。讓人很難相信，他才是背負仇恨、圖謀不軌的那一個。

庾晚音想透過神態判斷他是不是原主，不覺凝視得久了一點，便見夏侯泊一笑，對她道：「前幾日宮宴一見，娘娘也是這樣望著我，似有疑惑。」

庾晚音心裡「咯噔」一聲，腦子飛快轉動，面上婉轉一嘆：「只是有些錯愕，沒想到當初在元夜花市上偶遇的公子，竟是大名鼎鼎的端王。」

有理有據，令人信服，誰也挑不出問題。

夏侯泊也陪著一嘆：「我當時微服閒逛，不便顯露身分，還望娘娘見諒。」

當前比分零比零。

庾晚音繼續試探：「這宮內消息不通，不知我家中可還安好？」

——原文設定，她爹是一個混了多年沒出頭的小官，夏侯泊也是認識的。如果是原主，應該答得上來。

夏侯泊回憶了一下道：「上回見到，庾少卿十分康健，似乎新近喜歡上了茶道。」

當前比分仍是零比零。

庾晚音依舊看著他，飛速思索著下一招。

夏侯泊搶了先，感慨道：「元夜一別，再次見到娘娘，險些未能認出。」

庾晚音：「……」

她這個角色的設定好像是一朵白蓮花，要被化妝後的謝永兒豔壓的。而且因為心繫端王，對暴君一直又怕又恨，後來為了報復謝永兒才走上宮鬥的道路。

現在她卻搶先走了妖妃路線，當著夏侯泊的面，跟暴君言笑晏晏，耳鬢廝磨……

庾晚音的心臟猛跳了一下。

原文中的端王明明沒將庾晚音放在心上，怎會察覺變化？

你只見過我兩次，卻看得這麼清楚，果然是有問題吧？

雖然證據還不夠確鑿，姑且算是零點五比零吧。

庾晚音亡羊補牢，重新靠攏白蓮花人設，苦笑道：「誰進了這深深宮門，還能不變呢？保持不變的姐妹們，都已成了這朱牆下的花泥。我……」她似是有些迷茫，「我還是想活下去的。」

夏侯泊頓了頓，道：「娘娘，此話我只當沒聽見，請娘娘切莫再與他人提起。」

庾晚音慌忙捂了一下嘴，暗含恐懼地瞥了他身後的胥堯一眼，「是我失言了。」

夏侯泊笑道：「這位是我的好友，不會亂說的。」

庾晚音點點頭。

漂亮！零點五比零領先。

夏侯泊與她又行了一禮，正要告辭，目光一轉，望向窗邊的書案，「娘娘在作畫？」

庾晚音：「……」

庾晚音腦中的記分牌轟然坍塌。

她剛才打著瞌睡摸魚，在紙上用幼稚園筆法畫了隻王八。

已經被看見了，再掩飾也晚了，庾晚音只好扮出在心上人面前露怯的樣子，羞憤地紅了臉，「方才我望見窗外的池水裡有東西游過去，便信筆一記。」

夏侯泊凝視著那隻王八，眼角抽動了一個像素格的幅度。

夏侯泊說：「這畫，嗯……」

庾晚音耳朵紅得快要滴血，捏著那畫紙，咬咬牙便要撕碎，「殿下別看了。」

夏侯泊攔住了她：「倒也別有一番稚拙童趣，就這樣撕毀，未免太可惜。」

正在費力做表情的庾晚音：？

你聽聽你說的這是人話嗎？

庾晚音試探道：「殿下喜歡？」

夏侯泊道：「我瞧著十分歡喜。娘娘既然不願留下，可否將墨寶相贈？」

庾晚音直覺有坑也只能順著跳，「殿下不嫌棄便拿去吧。」

夏侯泊笑道：「多謝娘娘。他日定有回禮奉上。」

庾晚音：？

庾晚音瞥了他腰上那個明顯是新繡的香囊一眼。原文裡，這是他與謝永兒互贈的信物。

一碗水端平，不愧是端王。那邊要吊著，這邊也要撩著，這是在謀劃什麼？

夏侯泊拿著畫走了。

出了藏書閣，他淡淡地問胥堯：「看出什麼了嗎？」

胥堯思索良久，回道：「單憑這次會面，看不出有何城府。不過眼神狡黠靈活，恐怕心思甚多，難怪能博取皇帝歡心。」

夏侯泊問：「你覺得她的言行有什麼奇怪之處嗎？」

胥堯一愣，「奇怪？殿下指的是……」

夏侯泊笑了笑，沒再多言。

他拈起那張王八圖對著光看了看，似乎覺得十分有趣，轉而吩咐道：「去查查她入宮之前有沒有留下什麼字畫吧。」

庾晚音轉頭就直奔偏殿，找來丫鬟小眉，問：「妳還記得我從前的畫嗎？」

小眉驚呆了：「小姐從前畫過畫？」

庾晚音心中狂喜亂舞，「沒畫過就好，沒畫過就好。」

第三章　離間計

這天是本月初一，後宮妃嬪要去給太后請安。

按理本應是晨昏定省，但太后喜靜，改了規矩，說是只需初一、十五前去問安。可想而知，每月這兩日也成了必不可少的固定宮鬥環節。

庾晚音到的時候，發現除了太后，所有人都來早了。

魏貴妃正端坐在殿中，一邊撇著杯中茶葉，一邊睨了她一眼，「庾嬪現在可是炙手可熱呢，無怪乎來得如此之遲，倒讓姐妹們好等。」

庾晚音：「……」

開始了。

魏貴妃身後的丫鬟道：「主子貴人多忘事，庾嬪現在封了庾妃呢。」

魏貴妃輕笑一聲：「呵，怪不得。」

庾晚音：「……」

她想了半天這人是誰，終於記起來了。

皇后病逝之後，中宮之位空懸至今，這位魏貴妃就在目前的金字塔頂端。她是魏太傅的妹妹，深得太后歡心，又仗著娘家勢力，在後宮作威作福。

她大概五章後會敗在謝永兒手上，從此查無此人。

庾晚音看她就像看一個死人，心中毫無波動地走流程，「妹妹路上有事耽擱了，萬望姐姐們勿怪。」

魏貴妃「啪」一聲摔了茶杯，「妳那是什麼眼神？」

庾晚音低眉斂目，醞釀一下哭腔：「妹妹知錯了。」

魏貴妃身後的莊妃冷笑道：「她說有事，那是何等要事啊？該不會又是在牡丹園裡與哪位侍從會面吧？」

一旁的賀嬪與她一唱一和：「姐姐，這話可不敢亂說，仔細被她哭到陛下面前，又該……」

夏侯澹道：「又該什麼？」

眾妃：「……」

現場呼啦啦跪了一地。

夏侯澹一屁股坐到魏貴妃剛才坐的位子上，招招手讓庾晚音上前，「妳們剛才在說何事？」

庾晚音遲疑道：「回陛下……」

她正在用眼神問他：你來湊什麼熱鬧？

夏侯澹抬抬下巴：別管我，演妳的。

庾晚音想了想，當場開出一朵白蓮花，「回陛下，無非是姐妹們聊些閒話，不值一提的。」

夏侯澹道：「是嗎？」他伸出細長的手指，指了指賀嬪，「妳來說。」

賀嬪還跪在原地，嚇得臉色煞白，哪敢再說什麼，只道：「臣妾知罪。」

夏侯澹道：「也行，省事。」

他打了個手勢，侍衛相當熟練地上前，賀嬪的哭叫聲漸去漸遠。

夏侯澹又點莊妃，道：「那妳說？」

莊妃眼前一黑，險些癱軟在地，「臣妾……臣妾只是提醒妹妹，要一心侍奉陛下……」

夏侯澹的手又抬了起來。

庾晚音連忙咳嗽一聲。

她不明白夏侯澹突然加這一場戲是為了什麼。難道真是入戲太深，要為自己出頭？

庾晚音以前看宮鬥文只當打發時間，如今穿到這朝不保夕，也對其他角色多了幾分同理心。說到底都是制度的受害者，莊妃、賀嬪這兩個小跟班緊抱魏貴妃大腿，也無非是為了活命。

這兩人如果真的出了什麼殺招也就罷了，眼下只是嘴上說了兩句，卻要直接送命，庾晚音心下就有些不是滋味了。但她又怕夏侯澹演這一齣是別有深意，自己開口阻攔反而壞事，一時舉棋不定。

庾晚音沒有說話，夏侯澹卻看了她一眼，抬起的手又放下了。

夏侯澹道：「打入冷宮吧。」又問侍衛：「剛拖出去的那個還沒埋吧？」

侍衛：「……」

侍衛道：「屬下去攔。」

跪成一片的妃嬪中間，謝永兒悄然抬眼，望了庾晚音一眼，臉上的驚異一閃而過。

兩個炮灰離場了，眾人只當這一劫過去了，正各自暗中慶幸，就見夏侯澹的手指向第三個人。

夏侯澹彬彬有禮地問：「魏貴妃，妳來說說？」

魏貴妃如遭雷擊。

不，她不能，她是太后的人！

魏貴妃顫聲道：「回陛下……」

夏侯澹道：「嗯？」

珠簾後傳出一道女聲：「哼，皇兒好大的威風。」

太后終於登場護崽了。

太后瞧上去只有三十五六歲，打扮得雍容華貴，手上還牽著一個七歲的男孩。

小太子長得極似夏侯澹，一張小臉緊緊繃著，目不斜視，被太后養成了一個精緻乖巧的小傀儡。

庾晚音瞥了夏侯澹一眼。

夏侯澹正用「這是什麼東西」的眼神看著那個便宜兒子，表情一言難盡。

幸好按照原文設定，小太子一直被太后拴在身邊，原本也沒與他見過幾面，倒也不算OOC。

太后坐到上首，受了夏侯澹與眾妃的禮，冷冰冰道：「皇兒今日將威風擺到哀家門前來，是為何故？」

夏侯澹似乎僵了一下，語帶屈辱地緩緩道：「是兒臣一時急火攻心，衝撞了母后。」

庾晚音：？

太后對夏侯澹不滿到了極點，因為他前日當堂發瘋，誅殺了戶部尚書，那是她手下的人。

這個皇帝從小不服管教，野性難馴，她與他拉鋸多年都無法將他完全控制在手心，這才退而求其次，準備扶植小太子。

她知道想讓夏侯澹死的不只自己一個，那端王也在徐徐圖之。

端王的實力深不可測，現在就暗殺夏侯澹的話，她並不能保證上位的一定是自己。

就在她與端王龍爭虎鬥時，這瘋子皇帝突然殺害自己手下一名要員，她怎能咽下這口氣？

太后原就打算借題發揮，給他敲敲警鐘，卻沒想到他會主動送上門來。

太后怒視全場一周，目光落到庾晚音身上，「哀家聽聞，皇兒最近被這女子迷得忘乎所以，時有驚人之舉啊。」

庾晚音琢磨著自己應該跪下。

她跪到一半，又被夏侯澹拉了起來。

夏侯澹道：「確實。」

太后：？

太后勃然拍案，「好啊，看來你眼中是越發沒有哀家這個母后了。哀家今天便要代先帝教教你，何謂長幼尊卑！來人！」

呼啦啦冒出一群侍衛，圍向庾晚音。

夏侯澹喝道：「我看誰敢！」

侍衛腳步一頓，詢問地看向太后。

太后冷笑一聲，氣焰極盛。這皇帝早已有名無實，她今日更是打定了主意要讓他認清這一點，當下異常強橫地一揮手。

侍衛越過皇帝去拖庾晚音。

夏侯澹呼吸一滯，彷彿遭了當頭棒喝，終於清醒了幾分，「母后！」

他氣息急促，緩了幾秒，才委曲求全地露出諂媚的笑來，走去朝她奉茶，「兒臣說『確實』的意思是，兒臣這脾氣確實可惡。母后何必為了區區一個宮妃動氣傷神，來來來，喝杯茶，有話好說。」

這暴君居然能憋出這麼一段話來，真是太陽打西邊出來了，難道真被那妖妃下了降頭，為了保她已經不惜代價了？

太后用全新的目光打量庾晚音。

庾晚音：「……」

夏侯澹繼續拍馬屁：「多虧母后德被八方，兒臣才可將太子交託於母后教養。」他僵硬地抬手摸了摸小太子的頭，捏出哄小孩的聲音：「太子最近功課如何呀？」

小太子比他更僵硬，恐慌地瞥了太后一眼。沒有得到太后指示，只得試探著回道：「回父皇，兒臣功課尚可。」

太后心念一動，突然露出個別有深意的笑，「太子才智超群，只是騎射功夫有些落下。也難怪，讓他一個人學習騎射，終歸寂寞了些。哀家聽聞，洛將軍有個幼子，年紀與太子相仿。」

夏侯澹道：「母后的意思是……」

太后道：「不若將他召進宮來，給太子當個伴吧。」

太子伴讀早已另有其人，那幼子進宮無名無分，純粹是被扣作質子。

洛將軍是端王手下要將，太后此言已經把矛盾擺到了明面上，非要讓端王為那戶部尚書之死付出代價。

夏侯澹躊躇了，「洛將軍？他前陣子還在陣前殺敵衛國，此舉是否有些……」

太后第三次看向庾晚音。

夏侯澹瞬間改口：「兒臣回去就擬旨。」

庾晚音：「……」

庾晚音被夏侯澹全鬚全尾地帶出了太后的宮殿，終於回過味來，想明白他今天演這一齣大戲是為了什麼。

就是為了讓太后以為，削弱端王是她主導的，而皇帝渾渾噩噩，一心只想著妖妃。

夏侯澹不僅能麻痹太后，還能麻痹端王。因為今天謝永兒也在場，回頭肯定會與端王通氣。

庾晚音道：「看不出來，你腦子居然這麼好。」

夏侯澹今天來時，顯然算準了太后正在氣頭上，所以乾脆進一步激怒她，主動送她一個機會，促成了此事。

夏侯澹低聲問：「妳覺得如何？」

庾晚音道：「很好很好，等他們互咬得兩敗俱傷，才好悄悄培養你自己的勢力。不過這事講究平衡，這邊削一削，那邊砍一砍，你也得當端水之王——端王。」

夏侯澹看了庾晚音一眼，神情似有些沉悶，語焉不詳道：「今天委屈妳了。」

庾晚音道：「問題不大。」

她也不是傻子，已經看出夏侯澹的另一個目的。他當眾表現得如此偏寵自己，無非是想將自己推到臺前當個幌子，順帶還能偽造一個虛假的軟肋。

庾晚音笑道：「萬一哪天有刺客拿刀抵著我的脖子逼你就範，你就可以對他說『傻了吧，爺不在乎』，然後一劍把我們捅成個糖葫蘆……」

夏侯澹愣住了。

「妳……如果是這麼想的，為什麼不生氣？」

庾晚音是真的沒什麼想法。

她是社畜，不是國中女生，早就過了幻想世界圍著自己轉的年紀。大家落到這個局裡，都是溺水之人，誰能浮上去全憑本事。別的不說，她自己被夏侯泊找上門見了一面，還送了張「王八」當信物，不也沒告訴夏侯澹嗎？

庾晚音擺擺手道：「不要在意，我都理解。」

夏侯澹沉默良久，才說：「我不會捅妳的。」

庾晚音敷衍道：「嗯嗯，不會不會，你是好人。」

夏侯澹：「……」

太后黨扣下洛將軍一個兒子猶不滿足，轉頭又網羅了一個軍紀不嚴、壓榨百姓的罪名，彈劾了他軍中一個副將，順勢塞了個文官進兵部當督查。

端王的謀士們聚在一處爭論不休。有人說太后終於控制住皇帝，才會如此張狂；有人反駁說皇帝當堂誅殺戶部尚書，怎麼看也不像是太后的人，應該純粹是瘋了。

夏侯泊坐在上首，安靜地聽了一陣子爭論，微笑道：「情勢不明，有些計畫還是可以施行的。是時候拉魏太傅下馬了。」

胥堯心頭一跳。

夏侯泊恰好問他：「準備妥當了嗎？」

胥堯家道中落，被端王救下，一直在暗中盯著魏太傅，意圖復仇。但魏太傅行事謹小慎微，是太后黨中難得的有些腦子的人，始終不露破綻。

直到最近，胥堯終於抓住他的把柄，還歷盡艱險找到一個證人。

胥堯道：「證人已經保護了起來。」

夏侯泊和緩道：「魏太傅巧言令色，將皇帝哄得暈頭轉向，深得聖心。單憑一個證人或許不足以將他定罪，我近期會另想辦法找個證物。如此一來，也算報了令尊的仇。」

胥堯聽他主動提起老父，臉色更白了，「多謝殿下。」

夏侯泊親切地拍了拍他，說：「等魏太傅倒了，我會從中周轉一下，或許可以把胥閣老接回來。」

胥堯垂著腦袋，不讓夏侯泊看清自己的神情，耳邊迴響起暴君的聲音——「只有朕敢救回胥閣老。端王不敢，因為他做賊心虛，害怕真相大白。待你的價值耗盡，你的老父便會『恰好』殞命在流放地，你信不信？」

他信不信？

他的老父早年受先帝之恩，成了個冥頑不靈的擁皇黨，滿腦子忠君報國，一心支持那暴君，最後卻落得如此下場。他恨皇帝昏庸，更恨魏太傅奸佞。

可他卻一葉障目，從未想過魏太傅如此謹小慎微之人，當初是哪來的底氣當堂叫板，構陷他的老父。

幾日後，小太子生辰，太后為他籌備了隆重的宮宴。

端王也到場了。

他這一亮相，滿座的太后黨沒有一個人與他搭話。夏侯泊卻仍是一臉謙恭有禮，溫文爾雅地對小太子念了祝詞，小坐片刻，才藉故早退。

他在夜色裡兜兜轉轉，最後尋到了冷宮附近一處荒涼的小院。

這是他與謝永兒互通密信商定的相會之處。他的暗衛已經在周邊巡察了一圈，確定四下無人，對他點了點頭。

夏侯泊走進荒廢已久的小屋。

屋裡沒有點燈，一片昏暗。謝永兒站在窗邊，對他回眸一笑，道：「殿下。」

夏侯泊憐惜道：「永兒，許久未見，怎麼清減了？」

窗下茂盛的雜草叢裡，庾晚音嫌棄地心想：不愧是端王。

庾晚音已經在草叢底部躺了整整一個時辰。早在暗衛到達之前，她就在這裡了。今夜略有晚風，她又躺得非常安詳，氣息平穩，掩在風聲中，愣是沒被發現。

這幽會地點固然隱蔽，但架不住庾晚音看過劇本。

這場幽會寫在《穿書之惡魔寵妃》裡，她湊巧記住了。如果一切按照原文進行，那夏侯泊接下來就會對謝永兒提起魏太傅。

果不其然，窗口斷斷續續地飄出人聲：「……前段時間，魏太傅之子當街縱馬，撞死一個平民。那平民是來都城告御狀的，告的是家鄉的巡鹽御史貪污受賄，魚肉百姓。」

謝永兒問：「攔下御狀，可是重罪？」

夏侯泊道：「確是如此。那巡鹽御史知曉此事，私下聯繫了魏太傅，魏太傅又護子心切，便與他合謀壓下了此事。我們想翻出此案，將魏太傅定罪，需要一樣證物。」

「何物？」

「無價之寶，一枚佛陀舍利子。此物記在巡鹽御史的禮單上，應是被他拿去賄賂了魏太傅。然而我的人混入魏府，遍尋不到。許是魏太傅送入宮中，交給胞妹魏貴妃……」

謝永兒聽著聽著想了起來，《東風夜放花千樹》裡確實提到過，魏貴妃殿中擺著一個牙雕的鬼工球，分內外五層同心球，雕工精妙絕倫。這擺件被她藏於內室佛堂，當作寶貝供奉著，其實球心裡藏了一枚舍利。

謝永兒道：「既然如此，我去為你將它偷來。」

聽牆角的庾晚音：「……」

太拚了。

別人身為天選之女都這麼拚，比你強的還比你努力，而且聽謝永兒那春心蕩漾的語氣，好像真的有點被夏侯泊迷住了。

庾晚音暗暗叫苦。

夏侯泊失笑道：「偷來？永兒如何能確知那舍利就在魏貴妃處？」

謝永兒一時詞窮，半天才支支吾吾道：「既……既然殿下如此推論，肯定沒錯。」

夏侯泊道：「永兒太過抬舉了。」

草叢中的庾晚音突然掐住自己的大腿。這次不是為了忍笑，而是為了保持鎮定，因為她突然想通了一件事：夏侯泊不可能是穿的。

如果他與自己在同一層，看完《穿書之惡魔寵妃》穿了進來，那他肯定知道謝永兒是穿的，一上來就會與她相認——他們是天然同盟，沒有不相認的道理。

即使他在謝永兒那一層，只看過《東風夜放花千樹》，謝永兒連吉他都彈上了，他看一眼也就明白了。《東風夜放花千樹》裡，謝永兒與他無冤無仇，既然一起穿了，也沒有不相認的道理。

可他們直到現在聊起天來，還是一副拿腔拿調文縐縐的樣子，而且謝永兒還在把他當原主。

所以他確實是原主。

剛才這段對話與《穿書之惡魔寵妃》裡記載的完全一致，也證明了他們的思想都沒有脫離既定軌跡。

換言之，庾晚音對「四個穿越者放下仇恨搓麻將」這光明未來懷抱的最後一絲希望，破滅了。

現在只剩一個疑點：既然夏侯泊是原主，為何會特地上門勾搭庾晚音？

僅僅是因為自己成了暴君寵妃嗎？還是謝永兒為了斬斷自己與他的潛在感情線，在他面前說了自己的壞話，反而弄巧成拙，使他注意到自己？

庾晚音思前想後，一時間忘了控制氣息，陡然間聽到草叢中傳來腳步聲，她一下子屏住呼吸，冷汗沁出皮膚。

踏草聲越來越近，有人舉著忽明忽滅的火摺子，走入庾晚音的視野。她透過草葉縫隙朝上看去，依稀看見一張似曾相識的臉。

是胥堯。

胥堯仍舊易著容，打扮成端王護衛的樣子。庾晚音正在祈禱他繞過自己，就見他停下腳步，垂下目光，視線準確無誤地與自己對上了。

庾晚音死死憋著氣，心臟快要在胸膛炸開。

小屋裡傳出夏侯泊淡淡的詢問聲：「何事？」

胥堯頓了頓，熄滅火摺子，「殿下，遠處似乎有宮人朝這邊走來。」

夏侯泊嘆了口氣，與謝永兒依依作別。

等到所有人撤走，連謝永兒的腳步聲都消失之後，庾晚音終於猛然喘氣，死死攥住衣襟。

胥堯明明發現自己，卻還是欺瞞了端王！離間計大成功！

庾晚音還在努力回憶原文，想知道謝永兒會如何混入魏貴妃的殿裡偷舍利子，結果隔天就聽丫鬟小眉義憤填膺道：「聽說謝嬪她們幾個去了魏貴妃處做客，一直在講小姐的壞話！」

庾晚音：「……」

敢情是靠黑我。

一邊黑我一邊偷舍利，真有妳的，謝永兒。

到了下午，情勢急轉直下。魏貴妃大張旗鼓帶了一隊侍衛在後宮搞巡查，將上午招待過的幾個妃嬪處挨個搜查了一遍，鬧得雞飛狗跳，連太后都被驚動了。

太后讓魏貴妃解釋緣由，魏貴妃只說丟了首飾，疑心有人偷竊。但她轉頭又拉著太后說了一陣子悄悄話——顯然是舍利子丟了。

太后也猜到事關重大，睜一隻眼閉一隻眼，任她繼續鬧騰。

於是無數太監挨了鞭子，無數宮女挨了耳光。

庾晚音沒去看熱鬧，躲在偏殿裡嗑瓜子。沒想到丫鬟突然進來彙報，說在她的後院裡逮了個小賊。

庾晚音走進後院一看，一個陌生的小太監被堵在牆角，低著頭瑟瑟發抖，怎麼問都不肯說自己為何偷摸進來。

庾晚音已經習慣了有點什麼事先往謝永兒身上猜，腦子一轉，大致猜到了套路。

她瞥了小太監腳邊一眼，有一塊泥土略有鬆動。

庾晚音笑了笑，和顏悅色地放了小太監，又遣退了旁人。等人都走了，她自己去刨那塊土地，刨出一顆不規整的珠子。

把贓物藏到我這，萬一被發現了還能禍水東引，真有妳的，謝永兒。

晚些時候，魏貴妃越鬧越大，終於鬧到了庾晚音家門口。

魏貴妃對庾晚音搬出最大的陣仗，一隊人去院中掘地三尺，一隊人去內室翻箱倒櫃，剩下還有一隊人按著庾晚音準備搜身。

魏貴妃冷笑道：「陛下現在太后處回話，今日可沒人保妳了，小賤人！」

夏侯澹道：「想不到吧，爺早退了。」

魏貴妃：？

魏貴妃被拖走了。

深夜，庾晚音將一個食盒交給丫鬟，「去送給謝嬪，說是本宮做的宵夜，請她品嚐。」

謝永兒打開食盒，是一個光禿禿的白饅頭。

她捏碎饅頭，摸到一顆舍利子。

翌日早朝，某端王黨代表當庭彈劾魏太傅，控告他貪污受賄、阻攔一御狀，人證物證俱在。

魏太傅進了大理寺，魏貴妃進了冷宮。

庾晚音去藏書閣上班，半路遇到一群妃嬪，謝永兒走在其間。

夏侯澹這些年來對所有妃嬪不是不理不睬，就是就地掩埋，大家都默默忍受慣了。陡然間冒出個庾晚音，硬生生反襯出她們的悲慘，任誰也無法心理平衡。

此時打了照面，資格最老的淑妃便開了腔：「哈，魏貴妃倒了，有人該春風得意囉。只是不知這好日子能得幾時……」

庾晚音下意識回頭看了一眼，以防夏侯澹從哪個角落裡冒出來拖人。

夏侯澹不在。

淑妃越發冷嘲熱諷：「庾妃妹妹這是在盼著誰呢？還真以為……」

「姐姐，慎言。」

開口的居然是謝永兒。

妃子被她不鹹不淡地勸了一句，自覺沒趣，恨恨地瞪了庾晚音一眼，帶著小團體揚長而去。

謝永兒落在最後面，回頭與庾晚音對視了一眼。

庾晚音笑得分外慈祥。

謝永兒目光躲閃，好半天才下定決心，做了個口型：「多謝。」

這一日的盤絲洞工作小結，庾晚音與夏侯澹就聽牆腳事件進行了深入分析，首先達成共識：端王還是原主。

「那就好辦了，」夏侯澹道：「這傢伙沒看過劇本，我們可以充分利用這個優勢。」

庾晚音道：「還有，胥堯會對我放水，顯然已經對端王起了異心。他在原文裡是端王重用的謀士，能挖到這邊來幹活的話，一個頂十個。」

夏侯澹道：「那還是得澈底離間他們。」

庾晚音道：「現在剛好魏太傅入獄，胥堯肯定會藉機調查老父之案，說不定還會直接混進去盤問魏太傅。我們想栽贓給端王，就得早做準備，避免穿幫啊。不然你去大理寺威逼利誘一下魏太傅，提前串個供？」

夏侯澹道：「可行。其實我派出去的人已經找到了胥閣老，不過他年老體弱，這些年在流放地備受欺凌，已經被折磨得瘋瘋傻傻，都認不得人了。」

「慘。」

「太慘了。」

庾晚音搖頭嘆息：「人不能白瘋，一併栽贓給端王吧。就說胥閣老是在接回來的路上被他下了毒，才搞成這樣的？」

夏侯澹道：「妙啊。」

惡人擊掌。

大理寺獄專門用來關押犯事的高官，越往裡走越是守衛森嚴。最深處的監牢暗不透光，只有幾支火把照明。

魏太傅縮在牆角坐著，聽見腳步聲，朝外一看，先看見兩隻金線繡龍紋的朝靴。

魏太傅愣了愣，一邊連滾帶爬跪好，一邊熟練地進入唬爛暴君環節，「陛下，臣冤枉啊！臣效死輸忠，一心只想為陛下解憂，怎料那些小人……」

夏侯澹不等他說到第三句，直接快轉，「你替朕最後辦一件事，朕可保你家人無虞。」

魏太傅一聽，這是非要自己死了，慌忙把眼淚擠出來，「求陛下聽聽此中內情！當時那巡鹽御史……」

夏侯澹又快轉了，「你可知是誰害你？」

魏太傅：「……」

魏太傅戰戰兢兢抬起頭。皇帝的面容隱在黑暗中，只有一個模糊的輪廓。不知為何，他卻篤定對方臉上，絕不是他所熟知的暴君的神情。

夏侯澹道：「害你之事，下令的是端王，收集證據的是胥堯。你可能不記得這個人了，他是胥閣老之子，改頭換面當了端王的謀士，背後陰人很有一套。」

魏太傅大驚：「他還活著？」

夏侯澹涼涼一笑道：「當初胥閣老出事，端王暗中救下胥堯，教他視你為畢生仇敵，籌謀數年，才將你扳倒。」

魏太傅垂下頭，將牙槽咬出了血。

夏侯泊！

他聽見皇帝不帶感情、近乎百無聊賴的聲音：「好笑吧？朕那位好皇兄，當初藉你之手除了胥家，如今又藉胥家之手除了你。當真是一碗水端平，端得世間無兩。」

魏太傅眼前一黑。

皇帝知道。

皇帝竟然知道！

當年他加入太后黨，奈何過於膽小，不堪大用，混了多年都沒有出頭。端王私下與他合計，勸他出面彈劾胥閣老，甚至幫他偽造了一堆天衣無縫的罪證。

魏太傅的職業生涯裡，只幹過那一回富貴險中求的事。

他成功了，在太后面前立了功，從此青雲直上。

這一切，皇帝就這樣靜靜地看在眼裡，猶如看戲嗎？

魏太傅結結實實地打了個哆嗦，一時間萬念俱灰，連辯白的勇氣都失去了，「臣萬死……臣自知再無活路，只有一問，陛下如何能得知此事？」

這麼多年，這暴君被他們當傻子哄著，難道一直在裝瘋賣傻？

可他若什麼都看清了，又怎會一直隱忍不發，任由他們將為數不多的忠君之臣一個個除去？

夏侯澹道：「哦，本來只是瞎猜的，詐了你一下，這不就詐出來了。」

魏太傅：「……」

夏侯澹轉身漸行漸遠，「胥堯若是託人來問，你便如實作答，就當為家人積福吧。」

庾晚音這天照常在藏書閣坐班，忽然有宮人上樓通傳：「娘娘，樓下有個人未帶手諭，說有事要稟告娘娘，又不肯告知姓名，只說娘娘見了他自然認得。」

庾晚音下了幾級樓梯，垂目一看，一個陌生的清秀青年正抬頭望著她。

庾晚音：「……」

兄弟，你哪位？

青年朝她施禮：「庾妃娘娘。」

庾晚音：！

這個苦大仇深的聲音——是胥堯！

胥堯今天竟然沒有易容，就這麼頂著張罪臣之子的臉過來了？

庾晚音心裡「咯噔」一聲，有種不好的預感。

「上來吧。」庾晚音將人帶到二樓，遣退了宮人，開門見山道：「出什麼事了？」

她沒想到這人會來得如此之快。今天早些時候，她還在跟夏侯澹商量接回胥閣老的細節，自導自演的攔演員還沒安排上。

最關鍵的是，他們還沒替胥堯準備好一條逃脫之路，讓他能平平安安倒戈，健健康康跳槽。

這哥們此時行色匆匆，連易容都沒來得及，該不會是後有追兵吧？

胥堯一開口，印證了她不祥的猜測：「我有急事想求見陛下，不知娘娘可否行個方便？」

庾晚音道：「本宮無權帶人進宮，會被攔下的。要不你在這裡坐一會兒，我去把陛下找來？藏書閣有守衛，沒有手諭不得進入，你在這裡很安全。」

胥堯聽她暗示追兵，詫異道：「娘娘也知道？」

庾晚音道：「如果是關於胥閣老的事，我大略知曉。」

胥堯感慨道：「娘娘真是深得聖心。我正在調查家父當年的冤案，卻不料端王似乎早有防備，準備好將我剷除。方才我回到自己臥房，喝下一口茶水，發覺味道有異，腹中灼痛，才知自己已中了毒……」

庾晚音道：「等一下！你中了毒？」

她仔細打量胥堯，才發現他額上全是冷汗。

庾晚音霍然站起，「先別說了，我去找太醫。」

胥堯一把拉住她，「端王已經起了殺心，我便絕無活路。我偷了馬車從後門逃出，暫時甩脫追兵，卻又無法直接進宮，只得直奔此地。娘娘，胥堯死前只有一事相求。」

庾晚音道：「先冷靜，你會沒事的。」

胥堯微微一晃，唇角滲出血。

庾晚音又要去喊人，胥堯死死拽著她，語速極快：「我為端王辦事多年，他的種種計畫我都知曉。陛下若能救回家父，胥堯定會報答此恩。」

庾晚音連忙寬慰道：「放心吧，陛下一言九鼎，胥閣老已經在回家的路上了。」

胥堯眼眶一紅，「家父……家父一生都盼著陛下能當個好皇帝。他若是回來了，定會披肝瀝膽，竭盡畢生所學輔佐陛下。」

他彷彿生怕他們食言，急於證明老父有被救回的價值。

庾晚音心頭悲涼，沒有告訴他胥閣老已然瘋傻，溫聲道：「陛下非常看重胥閣老的才學。」

胥堯點點頭，突然咳出一口血，提氣道：「追兵很快便到了，娘娘，我將端王的許多計畫記在一本書裡……」

樓下忽然傳來宮人的尖叫聲：「起火啦！」

第四章　藏書閣起火

夏侯泊沒有派人來追殺胥堯，他直接讓人點了一把火，要將胥堯、胥堯可能攜帶的祕密、胥堯投奔的藏書閣，燒得蕩然無存。

庾晚音跑到窗邊朝下一看，好傢伙，這火燒得還真均勻，繞藏書閣一周，愣是沒留出一個缺口。

不遠處躺著幾個守衛的屍體，縱火的人顯然是端王手下的精銳部隊，在極短時間內放倒守衛，還朝著這木製建築澆了油。此時火勢一起，經風一吹，熊熊烈焰飛速躥升，直逼二樓。

遠處有宮人正提桶趕來，但這年代消防設施落後，指望他們滅火，還不如自救。

庾晚音被熱煙燻得淚流滿面，逃回胥堯旁邊，「底下全是火，無法跳窗，只能先從樓梯下去再往外跑！」

她回憶著當年學校普及的火災逃生小知識，脫下一層衣服扔到地上，提起茶壺澆得濕透，又去扒胥堯的衣服，「脫了！」

胥堯本就站得搖搖欲墜，被她一推，直接栽倒在地上。

庾晚音：「……」

藏書閣裡除了易燃物還是易燃物，樓下已是一片火海，宮人的慘叫聲不絕於耳。

胥堯一口接著一口地吐血，神情卻十分鎮定，「娘娘一邊準備一邊聽我說。」

庾晚音雙目含淚，哆嗦著摸出隨身手帕，依樣打濕。

胥堯道：「端王沒想到，那本書我並未帶在身上。書在魏府，我去查案時順手藏的。」

滾燙的茶水涼了，庾晚音抄起濕衣裹在身上，又用濕手帕掩住口鼻。

胥堯道：「廚房後窗外三尺處，往下就能挖到。端王會盯著你們，不要立即去找，至少等待七日再去……」

庾晚音彎腰跑向樓梯。

胥堯斷斷續續的語聲漸不可聞：「逃出去，遇到誰都不要停留，去找陛下……活下去……」

藏書閣臨水而建，正是為了防火。

此時宮人們從池中打水，朝著大門處輪番潑澆，總算壓住了這一塊的火勢，正朝裡面喊著話，就見一道人影狂奔而出，身上的衣物已然起火。

庾晚音越過所有宮人，直接跳進池中。

「庾妃娘娘！」宮人連忙撲過去，伸手將她拉回岸上。

庾晚音頭髮焦糊，身上幾處皮膚傳來劇痛，站在原地雙眼發直，理智之弦已經被燒斷了。她渾身發抖，耳邊只剩胥堯的聲音不斷迴盪：「遇到誰都不要停留……」

有宮女驚惶地說著什麼，跑來要攙扶她。

庾晚音只覺得所有人面目猙獰，一把揮開宮女的手，踉蹌著朝宮中跑去。

她不知道自己要跑去哪，只知道不能停下，身後是洪水猛獸。

庾晚音跑到體力耗盡，絆了一跤，整個人總算摔出兩分清明。

她抬起頭，看到一個此時絕不想遇見的人。

謝永兒被她的樣子驚呆了。

謝永兒先前躲不過魏貴妃的搜查，只得派人將舍利子藏到庾晚音那裡。沒被發現最好，萬一被發現了，也能拉庾晚音當替罪羊。

她盤算得很好，卻沒料到那小太監業務不熟練，竟然被抓了個現行。

謝永兒聽著小太監哭哭啼啼地覆命，就知道自己輸了。庾晚音肯定能猜到是她幹的，畢竟她有前科。而庾妃聖寵隆眷，想摁死誰，只是一句話的事。

然而庾晚音沒有告發她，甚至還將舍利子還給了她。

為什麼？

庾晚音真的不想鬥嗎？是因為自己改變了劇情線，沒給她機會愛上端王，所以她乾脆沒黑化嗎？她沒黑化，那最大的惡人不就變成自己了？

謝永兒心情十分複雜。

她心裡一直糾結著庾晚音的事，忽然聽小丫鬟說藏書閣起火了，頓時一驚——庾晚音最近在那編書。

不會吧，女主角的劇情線直接走向死亡結局了？

謝永兒難以置信地朝藏書閣跑去，半路遇到了狼狽不堪的庾晚音。

四目相對，庾晚音權衡了一下，顫抖著伸出手，「妹妹，救救我。」

謝永兒一震，緩緩走過去扶起她。

庾晚音道：「帶我去見陛下……」

謝永兒道：「妳受傷了？這樣不行，我去叫人來抬妳。」

庾晚音像抓著救命稻草一般緊緊拉著她不放手，「別去，別離開我。」

謝永兒：？

我們有感情基礎嗎？

身後忽然傳來一道溫潤的聲音：「兩位娘娘。」

庾晚音彷彿被一桶涼水從天靈蓋澆下，雙腿一軟，全憑謝永兒撐著才沒當場倒地。

夏侯泊憂慮地走上前，幫著謝永兒攙住庾晚音，「聽聞藏書閣走水，我已讓親衛前去幫忙救火，幸而娘娘福厚。何處受傷了？」

庾晚音雙唇顫抖，說不出話來。

夏侯泊索性將她打橫抱起，動作幅度很大，似乎想掂一掂她身上藏了什麼，「我送娘娘回殿躺下。」

庾晚音看著他波瀾不驚的眼睛，好半天才找到自己的聲音：「……有勞殿下。」

夏侯泊抱著人走了幾步，庾晚音掙扎著回頭去看謝永兒。

妳男人抱我了，妳不吃醋嗎？趕緊開腔攔下他啊，算我求妳了！

謝永兒垂眸掩住眼中的妒意，溫婉道：「殿下有心了，我也一起去吧。」

庾晚音心道：謝謝，謝謝，謝謝！妳可千萬別走開。

夏侯泊溫和道：「此處無須人手，勞煩謝嬪去尋太醫吧。」

謝永兒受傷地看了他一眼，不想爭風吃醋得太明顯，妥協道：「好。」轉身走開了。

庾晚音心跳都停了。

夏侯泊走得不疾不徐，「娘娘似乎在顫抖。」

庾晚音用她僅存的理智組織一下語言：「……灼傷的皮膚有些作痛。」

「娘娘受苦了，是我來遲了。」

您為什麼就不能再來遲一點？

庾晚音覺得自己快要精神分裂了，一邊防著他隨時掐死自己，一邊還要裝出原主春心蕩漾的樣子，柔柔地依偎向他，「你來了，我便好了。」

夏侯泊笑了笑道：「原以為娘娘入宮後變了許多，沒想到還是老樣子。」

庾晚音嗔怪道：「殿下希望我變嗎？」

夏侯泊低頭看了她一眼，悠然道：「我希望娘娘仍如初見，對我不生畏懼。」

庾晚音：「……」

剛才是誰要燒死我來著？

「伴君如伴虎。」夏侯泊平靜地說著可怕的臺詞，「娘娘與其害怕我，不如害怕陛下。物傷其類，人同此心，天下苦秦久矣。娘娘若能以真心待我，我必竭力相護。」

庾晚音歪頭道：「殿下在說什麼，我怎麼聽不懂了？」

聽懂了，聽得明明白白的。這孫子就差直說「勸妳謹慎站邊，順我者昌，逆我者亡」了。

庾晚音裝著傻，夏侯泊笑了，「娘娘確實冰雪聰明。對了，上回求得娘娘墨寶，忘了送上回禮……」

語聲被一陣急促嘈雜的腳步聲打斷了。

庾晚音轉頭一看，黑壓壓一群侍衛包圍了夏侯泊。

走在最前面的是滿面寒霜的暴君，「放開她。」

一片死寂。

實在是這句臺詞太過土味，庾晚音混亂的腦中，剎那間居然浮現出兩個土味回答，一個是「不想讓她死，就準備一輛車，放上一百萬現金，誰也不許跟過來」，還有一個是

「呵，有本事就來搶，論美貌你是敵不過在下的」。

夏侯泊沒有走土味路線。

夏侯泊動作輕柔地放下庾晚音，躬身道：「臣見到娘娘受傷，情急之下失了禮數，請陛下見諒……」

夏侯澹聽也不聽，大步上前脫下外袍，裹住渾身濕透的庾晚音。

庾晚音一介社畜，何曾見過今日的陣仗，強撐到現在，終於等來了盟友，這一口氣鬆開，視野猶如「啪」一下滅了的燈，霎時間被黑暗籠罩。

她最後的記憶，是自己朝著夏侯澹直直倒了下去。

庾晚音在低燒中昏昏沉沉地度過了不知幾日。再度清醒時，她躺在自己的偏殿裡，嗓子乾渴得快要開裂。

窗外在下大雨，天光昏暗，床邊懸著一盞搖晃的銅燈。夏侯澹背對著她坐在床頭，正低頭用勺子攪動一碗清苦的藥汁。

這道背影從未如此讓人心安。

庾晚音盯著他看了一下子，目光移向宮燈，跟著燭光打顫。

夏侯澹回過頭，對著她一愣，「妳醒了？太好了，妳輕度燒傷又泡了不乾淨的池水，我真怕他們的藥消不了炎。還好傷口小，已經在癒合了。」

庾晚音沒說話。

夏侯澹伸手扶她坐起，「快把藥喝了，就當喝水退燒吧……欸，怎麼哭了？」

庾晚音哽咽道：「還好你也是穿來的。」

首次近距離直面死亡，衝擊力過大，她PTSD（創傷後應激障礙）了。

穿到這鬼地方以來，她對自身處境一直有種飄浮的不真實感，彷彿在雲端夢遊。直到此刻，夢醒雲散，她看清了腳底的萬丈深淵。

如果身邊沒有這麼個同類，她不知道恐懼與孤獨哪一個會先壓垮自己，哪怕是他剛才說的那幾句話都帶來了巨大的慰藉。他的用詞指向一個熟悉而遙遠的故鄉，像望遠鏡中模糊的海岸線，雖然不可到達，但是至少是個座標，讓她相信自己還沒瘋。

夏侯澹勸了兩句，沒勸住，只得靜靜看著她哭。

風雨如晦，一燈如豆，他看起來與她一樣意志消沉。

等她稍微平復，夏侯澹又舀了芍藥遞過去，語氣放得很和緩：「藏書閣裡的宮人逃出來了幾個，都送去醫治了。胥堯……仵作說他姿態平靜，在被火燒到之前就已毒發身亡，沒有受兩遍苦。」

庾晚音聽見胥堯的名字，心臟又是一陣揪痛。

夏侯澹道：「縱火的人抓住了，反正都是替死鬼，查不到端王頭上。胥閣老接回來了，安置在郊區別院裡。他現在對誰都構不成威脅，應該能安度殘年——順便一提，陷害他的還真是端王。」

他說了大理寺獄裡與魏太傅的對話。

庾晚音道：「所以，我們本來想扣鍋給端王，結果那鍋原本就是他的？」

夏侯澹道：「是這個意思。」

有那麼一瞬間，庾晚音生出一個模糊的念頭：夏侯澹怎麼一猜就準？他根本沒看過原文，單憑自己提供的那一點情報，就閉眼猜出了連原文都沒寫過的隱情，未免太聰明了吧？

難道這就是總裁的實力嗎？

但這念頭一閃即過，庾晚音轉念一想，確實不妨以最大的惡意揣測端王。

她原本還志存高遠，要當這個故事裡最惡的惡人，後來跟夏侯泊過了兩回合，發覺自己還有很長的路要走。

庾晚音道：「胥堯說他留了一本書給我們，可以對付端王。」

她低聲轉述了胥堯的遺言，夏侯澹默默聽著，面色蒼白。

他望向燭火，「原文裡的胥堯是什麼結局？」

「好像一直跟著端王混，當了個文臣吧。」

夏侯澹諷刺地笑了笑，「所以，我們害死了他。」

庾晚音剛擤完鼻涕，鼻頭又一酸，「別這麼想，你要想，如果按照原文，胥堯到死都被蒙在鼓裡，為他的仇敵當牛做馬。」

夏侯澹仍是一臉頹廢，手指抵住太陽穴，「一個沒看住，還害妳白白受傷……」

庾晚音不明白這位哥為什麼比自己還消沉，硬著頭皮開解他：「不是完全白傷，至少拿到了胥堯的線索，過幾天我們就把書找回來？但願他記錄得足夠詳細，因為我真的不記得原文細節了。」

「我在想，」夏侯澹揉著太陽穴含糊道：「我們做的事，真的有意義嗎？放在這本書裡，反派的結局可以說是天命註定吧？越是掙扎越是可悲，倒不如吃喝玩樂，坐等它到來……」

庾晚音：？

不不不，你不能這麼早放棄啊哥，我還不想死呢！

庾晚音慌了，滿地找詞勸他：「有意義，當然有意義，不能把世界拱手讓給惡人啊，你命由你不由天！還有很多機會能翻盤！譬如說原文裡的旱災，我們肯定可以找到抗旱作物——」

她卡住了。藏書閣已經燒毀，自己上哪查資料？

庾晚音頹廢了，「仔細一想，混吃等死也不是不行。」

夏侯澹：「……」

夏侯澹道：「妳倒是再堅持一下啊？」

太后紆尊降貴前來慰問。

詳細慰問過程如下：

太后說：「聽聞妳這次吃了不少苦頭，可知是誰放的火？妳風頭太盛，招致妒心，經此一遭，也該知道皇帝是不會保護妳的……」以下省略經典臺詞五百字。

庾晚音：？

庾晚音回：「是的是的。」

太后長嘆一聲：「在這深宮之中，每個分得一絲寵愛的女人都以為自己熬出了頭，卻不明白君心易變……」以下省略經典臺詞五百字。

庾晚音無法快轉她，只好放空自己，機械地點頭。

太后說：「妳該不會以為魏貴妃倒了，妳就能坐到那個位子上吧？魏貴妃張揚，是仗著家中勢大，又有哀家保她，出了事也只是進一回冷宮。妳的父親是什麼官職？妳可知……」以下省略經典臺詞五百字。

庾晚音道：「對的對的。」

太后伸出塗了蔻丹的指甲，戳了戳庾晚音的臉蛋，「女人啊，還是要活得聰明些。良禽擇木而棲，妳聽哀家的話，哀家自會疼妳。」

庾晚音道：「好的好的。」

太后上午出了庾晚音的偏殿，下午就聽宮人稟告：「陛下將庾妃封作了貴妃。」

太后：？

庾貴妃被皇帝親自送進了貴妃殿。

這裡原本屬於魏貴妃，向來是後宮裡最驕奢的地方。如今為了迎接新主人，又被從裡到外重新整理了一遍，端的是貝闕珠宮，富麗堂皇，盤絲洞本洞。

庾晚音一步步走到今日，所有冷眼看她何時隕落的宮人都變了神色，開始認真研究她的一言一行，想琢磨出她究竟有何過人的本事，竟能將暴君的心牢牢抓在手裡。

結果一路行來，說話的都是暴君。

夏侯澹道：「愛妃，此處防衛森嚴，朕還幫妳配了暗衛，不會再給歹人可乘之機。」

庾晚音知道他這話是說給四周宮人聽的，「陛下真好。」

那暗衛名單還是他們昨晚開會討論出來的。

夏侯澹道：「姑且升級一下保全系統吧，原作裡就沒有那麼幾個一直忠於我的侍衛嗎？」

庾晚音努力回想，「幫你埋人的那一批御前侍衛，一直到最後也沒背叛，都為保護你而死。」

於是暗衛連夜上崗。

夏侯澹道：「愛妃看看這院落可還寬敞，需不需要再往外擴？愛妃若是吃膩了火鍋，就在這池子裡養些魚苗，旁邊再起一個烤架，隨時吃燒烤……」

庾晚音：？

你說的這個愛妃是不是你自己？

庾晚音配合地拍手道：「陛下怎麼知道臣妾最喜歡吃吃吃啦？」

四周宮人心中鄙夷——這裝可愛、扮天真的手段也太低端了吧？別說是禍國妖妃，這年頭剛進宮的才人都不這麼玩了好嗎？

夏侯澹笑道：「愛妃真是赤子之心。」

宮人呼吸急促。

暴君不配高端局！

庾晚音吃喝玩樂了沒幾天，總覺得渾身不自在。社畜從來沒當過這麼久的鹹魚，古代又沒什麼娛樂活動，天天躺著曬太陽，竟把自己躺得腰痠背痛。

她氣自己天生不是享福的命，再看夏侯澹一副樂在其中的樣子，更酸了。

這天吃完燒烤喝完酒，庾晚音道：「澹總，我們出一趟宮吧。」

夏侯澹問：「出去玩？」

庾晚音道：「不是，我想到繞開端王去拿胥堯那本書的辦法了。」

夏侯澹皺眉看她，「說好的混吃等死呢？」

「等死也怪無聊的，要不然還是再撲騰幾下吧。」

「……」

庾晚音道：「你看，我們這個時候微服出宮，肯定會被端王盯梢。但我們虛晃一槍，不去魏府，而是先去找一個人。」

「誰？」

「上次說到忠於你的人，我想起了他。這種小說裡通常有一號武力值逆天的江湖人士，幸運的是在這本書裡，他跟你很有淵源。」

一個時辰後，兩個窮酸書生走到市井街頭，身後跟著幾個身手不凡的暗衛，同樣做文士打扮。

夏侯澹易容過後臉色蠟黃，拿一把摺扇遮著嘴，低聲道：「雖說理論上太后與端王沒分出勝負，還不敢妄下殺手，但我們就這樣出來給人當活靶子，真的好嗎？」

庾晚音道：「真的不好，但沒辦法，想找那個人，你必須親自出面。」

庾晚音瞧著不僅窮酸，而且營養不良長不高。

「這人叫北舟，跟你親媽……令堂……已故的慈貞皇后青梅竹馬，是她小時候的護衛，應該一直暗戀她吧。那章太狗血了我只掃了兩眼。總之呢，令堂入宮後年紀輕輕忽然病逝，北舟覺得是宮裡的人害了她，就心懷仇恨，遠走他鄉，另有奇遇，成了一代絕世高手。」

庾晚音喘了口氣繼續說：「《穿書之惡魔寵妃》裡，他回到都城想看看故人之子——也就是你，卻發現局勢混亂，於是蟄伏在都城，找機會保護你。但他出場太晚了，雖然也給端王添了點麻煩，但沒能改變結局。」

夏侯澹道：「所以妳想提前把他找出來？」

庾晚音道：「對，因為謝永兒只拿了《東風夜放花千樹》的劇本，並不知道《穿書之惡魔寵妃》的劇情，也不知道北舟的存在。你可以把他當作祕密武器，讓他去魏府偷書，以他的身手肯定能成。」

其實這人還有別的用處，但庾晚音也不想事事對他交代。

庾晚音停步，「到了。」

夏侯澹抬頭一看，怡紅院。

夏侯澹：？

庾晚音道：「進去吧。」轉頭對暗衛招招手，「別客氣，都進來。」

暗衛：？

夏侯澹道：「所以當妳說他蟄伏在都城的時候……」

庾晚音道：「書裡說他在青樓。」

「這……不好吧。」

「哎呀，沒事，剛好還可以迷惑一下端王，就讓他以為你荒淫無度唄。走走走，我都不怕，你怕什麼？」

夏侯澹被她拉著跨入大門，霎時間一股脂粉濃香撲面而來。一個長著相當經典的媒婆痣的老鴇捏著手絹站在門邊，上下打量他們一眼，面露不屑，「二位公子，走錯地兒了吧？」

庾晚音左右看看，靦腆地塞給她一把銀子，「我們是來趕考的，想開開眼界。」

老鴇眉開眼笑，「好嘞，二位爺樓上請！」

庾晚音大手一揮，帶著暗衛朝包廂走去。

夏侯澹問：「……妳為何如此熟練？」

庾晚音道：「可能是垃圾文學看多了吧。」

片刻後，幾人被軟玉溫香包圍。

庾晚音攬著個小美女被她餵葡萄，熟練地發出猥瑣的笑聲。

夏侯澹嘴角微微抽搐，與她咬耳朵：「我們要待到什麼時候？妳打算怎麼找出那個北舟？」

庾晚音道：「我不記得他的外貌描寫了，不過青樓裡一共就那麼幾個男人，應該不難。而且原文裡你長得很像你媽，他能跟你相認。」

夏侯澹指指自己蠟黃的假臉：「妳有沒有發現問題所在？」

庾晚音：「……」

庾晚音轉頭問懷中的小美女：「你們這兒有幾個龜公啊？」

小美女驚訝道：「爺怎麼問起這個？奴家記不清了，也就四五個吧。」

庾晚音繼續問：「那其中有沒有近兩年才進來、長得比較壯的？」

小美女眼中閃過一道暗光，垂眸嫣然一笑，「奴家來得晚，不太清楚呢。爺，喝酒啊。」

她轉身替庾晚音倒酒。

在這數秒之間發生了很多事。

背過身去的小美女與另一個小美女交換了目光，旁邊坐著的暗衛瞧見她的手部動作，面色一凜就要出手，庾晚音急忙戳戳夏侯澹，夏侯澹一記眼刀飛了過去，示意他們少安毋躁，暗衛們於是安坐不動，也交換了一圈目光。

小美女倒了酒，端著杯子遞到庾晚音嘴邊。

庾晚音道：「好，好。」接過來作勢喝了一口。

室內幾個客人都被餵了酒。暗衛不動聲色輕輕一嗅，聞出了裡面下的東西，假喝之後裝模作樣地聽了一下曲子，雙眼一翻，軟倒了下去。

庾晚音和夏侯澹看他們這反應，猜測大概是蒙汗藥吧，於是有樣學樣，各自栽倒。

小美女這才站起身，冷聲道：「去請媽媽。」

老鴇很快帶人來了，吩咐道：「綁起來，用冷水潑醒。」

庾晚音心中驚訝：他們只是打聽一個龜公罷了，這青樓的反應怎麼如此之大？難道樓中還有其他人知曉北舟的身分？不應該啊，按照原文，北舟的保密工作做得很好。

她覺得蹊蹺，想多觀察一下，便閉著眼睛沒出聲。暗衛等不到指令，只得繼續裝死。

一盆冷水下來，庾晚音嗆咳著睜開眼。

老鴇道：「誰派你們來打聽的？」

夏侯澹看看庾晚音，怒道：「隨便問問而已，你們怎麼能綁客人？」

老鴇冷笑道：「不說是吧？那就一直關在這，關到開口為止吧。」

她將幾人留在房內，吩咐鎖上房門。

人一走，暗衛便從袖中翻出短匕，互相幫忙割斷了繩索，又跪下來替夏侯澹和庾晚音解了綁。

夏侯澹揉著手腕重新坐到椅子上，「接下來呢？」

庾晚音提議：「翻窗出去找人？」

「……也行。」

暗衛忙道：「陛下與娘娘在此稍歇，屬下去找。」當下翻出去兩個，剩下的分散蹲守在門窗旁邊。

庾晚音又看夏侯澹，「你離宮太久怕是不妥，要不你先回去，我留下來再看看情況？」

「倒也不急這一時，萬一真的找到了，不還得用我的臉與他相認嗎。」

庾晚音坐到他身旁，端起還沒撤走的果盤，挑挑揀揀吃起了葡萄，「吃嗎？」

夏侯澹：「……」

夏侯澹道：「我怎麼覺得妳玩得還挺開心？」

明明前幾天還是一副半死不活的樣子，這才過去多久，怎麼就滿血復活了？

庾晚音道：「開心也是一天，不開心也是一天，這是我們社畜的生存法則。」

她拍拍夏侯澹，說：「澹總啊，你就是太習慣地球圍著你轉了，心理落差太大。不像我們，習慣了白幹三個月，換來一句『還是初版最好』。放平心態才能一起苟到最後，嗯？」

夏侯澹：「……」

庾晚音沒等到回答，不以為意地換了瓜子嗑。正想問他嗑不嗑，突聽他道：「好。」

庾晚音問：「好什麼？」

夏侯澹笑了笑，沒再說話。

望風的暗衛突然將耳朵貼於門上，悄聲道：「有人來了。」

青樓的人這麼快就去而復返？室內幾人來不及細想，飛速坐回原處，將雙手背於身後，只露出一小段繩子，做出了還被綁著的樣子。

庾晚音咬牙問：「翻窗出去的那兩個怎麼辦？」

夏侯澹還沒來得及回答，門就開了。

出乎意料，進來的不是剛才那些人，只是個手握掃帚、肩搭抹布的掃地大爺。

大爺無精打采地瞅了他們一眼，就低下頭收拾起瓜皮果殼，似乎並不好奇屋裡為什麼綁了人。

庾晚音這一口氣剛鬆開，又陡然提起。

她悄悄拉了下夏侯澹的衣角，用眼神示意：是他！

夏侯澹：？

庾晚音拚命擠眼睛：他就是北舟！

只有社畜才知道誰是真正的社畜。這掃地大爺長了一雙絕不屬於社畜的眼睛。剛才他收回目光的瞬間，那不經意間露出的眼神，像一匹孤狼。

所以北舟隱身於青樓，原來是扮作大爺了？

夏侯澹也有所猜測，遲疑兩秒，開口道：「喂。」

大爺頭也不抬，只顧擦桌子。

夏侯澹提高聲音：「這位兄臺，我瞧你甚是面善。」

大爺停下動作望向他。

夏侯澹道：「相逢即是有緣，既然遇見了，咱們何不坦誠相見，以真容一敘？」

話音剛落，大爺的神情就變了。他僵在原地，直愣愣地盯著夏侯澹。兩人的目光在空中幾度交鋒，最終他放下抹布，緩步朝幾人走來。

庾晚音見他滿臉戒備，隱隱有敵意，連忙努力露出個和善的微笑，「別誤會，都是朋友。」

她用肩一頂夏侯澹。夏侯澹抬手去揭自己的人皮面具，「我是……」

在這電光石火間，發生了很多事。

隨著夏侯澹的動作，大爺猛然發現他沒有被縛，眼中立時爆出凶光。

庾晚音正在詫異這凶光之盛，就見對方手中多了一把利刃，直直捅向夏侯澹！

「小心！」庾晚音驚呼。

一聲巨響，房門破裂。她伸手去推夏侯澹，兩旁的暗衛也瞬間跳起，朝著夏侯澹身前擋去——

然而就在他們眼前，那大爺身形詭異地一歪，猶如被一股看不見的巨力掀起，整個人朝旁側倒下，撲地不動了。

庾晚音驚魂未定，喘息著低頭看去，發現那大爺側頸上多出一把匕首，沒入之深，幾乎從另一邊穿了出來。

暗衛牢牢護著夏侯澹，轉頭朝房門望去。

門上破了一個大洞。

眾人心下無不悚然——這把匕首竟然是被人從門外投擲進來的，撞破木門之後還來勢不減，長了眼睛般飛向大爺脖頸，一招斃命！

這得是何等蠻橫的內力！

房門這時才被人推開。

門裡門外一打照面，現場陷入一片死寂。

外面站著那位身材豐腴、長相經典、自帶一顆媒婆痣的老鴇。

眾人：「……」

那老鴇卻盯著夏侯澹，顫聲道：「你……」

這一開口，居然變成了男人的聲音。

庾晚音轉頭一看，夏侯澹剛才已經把人皮面具揭了下來，她心中冒出一個荒誕的念頭，不可思議地望著老鴇。

「你……」

老鴇道：「澹兒？」

庾晚音道：「北舟？」

北舟伸手一揪，「啵」的一聲把那顆媒婆痣揪了下來，渾身骨骼「喀啦啦」一陣悶響，身形以肉眼可見的速度拔高，眨眼間就露出了男人的模樣。

庾晚音倒是在小說中看過縮骨功這種東西，但現場看視覺衝擊仍舊過大。

她被驚到腦子停止運轉，「你……你……你才是北舟？」

北舟問：「澹兒，你怎會知道我在此地？」

庾晚音又去看地上那人，「他是誰？為什麼要殺我們？」

北舟道：「不對，你怎會知道世上有我這麼個人？」

夏侯澹道：「停。一個一個來。」

片刻後，幾人圍桌而坐。

夏侯澹道：「先回答北叔的問題。」他倒是挺會見機行事，剛才看過北舟的身手，這一聲「叔」順勢就叫上了。

「朕知道北叔，是因為母后留下的遺書中提過你。」夏侯澹張口就來。

北舟面露緬懷之色：「南兒如何寫我的？」

夏侯澹：「……」

庾晚音腦中一瞬間構思了八百字感人肺腑的小作文，什麼十年無夢得還家，什麼相思相望不相親，什麼山盟雖在，錦書難托。

她對著夏侯澹使眼色，試圖用意念拷貝給他，再不濟至少要讓他領會精神。

夏侯澹默契地點點頭。

夏侯澹道：「她說若遇危險，可以找你。」

庾晚音：「……」

這是什麼死亡直男發言！你怎麼不索性說「北舟，好用」呢！

北舟眼眶一紅，「她還記得我。」

庾晚音：？

夏侯澹道：「所以朕即位以後就派人四處尋找，花了這麼多年，前段時間才隱約得知北叔的蹤跡，今日便想上門碰碰運氣。」他見這關過了，迅速岔開話題：「北叔，地上那人是誰？」

北舟道：「他在這樓中打掃兩年了，我也是前幾天才對他起疑，因為從他房中翻出了這個。」

他將一遝信紙遞向夏侯澹。

庾晚音湊過去一看，只見紙上寫滿了蠅頭小字，卻又不是漢字，彎彎繞繞不知是什麼語言。

北舟道：「這人是燕國派來的間諜，拿到的命令是刺殺王公貴族，挑起我國內亂。我發現他的密信之後，這幾天一直在暗中觀察著他。你們今日上門打聽龜公，我還以為是找他，就想著審一審你們……直到方才他痛下殺手，我才發覺不對。」

夏侯澹懂了：「所以他想下殺手，也是因為我們語焉不詳，使他以為我們是來揭穿他的？」

庾晚音想起來了，原文裡是有這麼個小國間諜，但最終沒能成事，只在端王的暗中引導下刺殺了一個太后黨的重臣，為他人作嫁衣裳。被捕後還遭五馬分屍，下場很悲慘。

北舟道：「這幾年燕國很不安分，看來真是窮到走投無路了。你要小心，殺了這一個，沒準還有別人。」

夏侯澹道：「幸好今天北叔救朕一命。實不相瞞，朕如今在宮中確實處境危險，四面楚歌……」他恰到好處地黯然嘆息。

北舟立即道：「其實我回到都城，便是想護你周全，又怕你不需要我的保護。你放心，南兒的孩子便是我的孩子。」

庾晚音：？

大兄弟，你的發言有點危險啊！

北舟行事頗有江湖氣，說幹就幹，當即又縮回老鴇身形，黏上媒婆痣，走出房請辭。

他在青樓蟄伏期間，對這裡的苦命女子多有照拂，所以人緣頗好。此時一說要走，小美女們紛紛喊著「媽媽」流淚。

剛才那個對夏侯澹下藥的小美女，應該是他的得力心腹，或許還有點紅顏知己的意思，淒然垂淚道：「你去哪兒？能不能帶我走？」

北舟眉頭緊鎖。他要進宮保護夏侯澹，肯定帶不了人。

夏侯澹便做了個順水人情，對他悄聲道：「朕回頭會派人來為她們贖身，送她們平安離去。」

北舟感動道：「你真像南兒，和她一樣善良。」

眾人出了青樓，夏侯澹戴回了人皮面具，北舟則洗去脂粉，穿上男裝，混入了暗衛之中。這麼瞧去，他本來的面目倒也頗為瀟灑出塵，有俠士之風。

庾晚音吹捧道：「北叔真俊朗。」

北舟遺憾道：「可惜了，叔倒是更喜歡做女人呢。」

夏侯澹：「……」

庾晚音：「……」

他剛才好像說了句不得了的話？

庾晚音禁不住再度偷眼打量北舟。

這人的設定不是暗戀夏侯澹的母親嗎？難道是在心上人入宮後，深受情傷，闖蕩江湖期間，欲練神功，揮刀……

庾晚音幻肢一涼。

她只是腦中胡思亂想，夏侯澹卻直接問了出來：「北叔，你與母后的淵源，可否說與朕聽聽？」

北舟道：「南兒是世上唯一懂我之人。只有她從不嫌棄我，認我當好姐妹。」

夏侯澹：「……」

庾晚音：「……」

北舟道：「可憐她年紀輕輕撒手離去，留你孤身一人。」他憐愛地看著夏侯澹，「南兒走了，以後叔就是你母親。」

夏侯澹：「……」

夏侯澹道：「謝謝叔。」

一行人回了宮，北舟有些驚訝，問道：「讓我待在貴妃殿？」

夏侯澹道：「是的，朕身邊恐有眼線，反倒是貴妃處宮人不多，方便說話。」

北舟跟在他們身後，一路觀察著貴妃殿周圍布置的重重暗衛，笑道：「沒想到坊間流言也有說對的時候。」

庾晚音出聲：「嗯？」

北舟細細打量她，「澹兒是真的將這位貴妃放在了心上。」

庾晚音：「……」您誤會了，他只是需要我腦子裡記的東西。

等等，自己這妖妃之名到底傳了多遠？是因為晉升太快了嗎？

庾晚音乾笑著朝夏侯澹身後躲了躲，垂下眸做嬌羞狀。卻沒想到夏侯澹比她更入戲，反手牽住她的手，對北舟誠懇道：「北叔看出來了，我們便不多遮掩了。請北叔待她便如待朕，務必護她平安。」

庾晚音：？

不必演到這份上吧？

北舟左看看右看看，露出疑似姨母笑的表情，「放心吧。」

庾晚音這份詭異的尷尬直到入夜還沒完全消退。

北舟已經摸去魏府取書了。夏侯澹問過他需不需要人手幫忙，他擺擺手，道：「多帶人反而拖後腿。不必等我，安心睡吧。」

這一句終於流露出一絲身為武力值巔峰之人的倨傲。

於是盤絲洞二人組只能守在貴妃殿裡等消息。吃完了燭光晚膳，又吃完了燭光宵夜，北舟還沒回來。

庾晚音坐立難安，夏侯澹倒是淡定地啜了一口小酒，「魏府有各方勢力盯著，要等所有人最鬆懈的時候再摸進去，肯定是後半夜。」

庾晚音道：「道理我都懂。只是自從我們穿來，很多情節都改變了，我心裡沒把握。」

胥堯本不會死，北舟在原文裡也活了很久，但誰又說得準？

夏侯澹道：「放心吧。最差也不過是個死。」

庾晚音道：「……謝謝你啊，真的有被安慰到呢。」

夏侯澹悶頭低低地笑。他微醺時臉上終於有了點血色，不復平日的蒼白。庾晚音對著他看了幾秒，詭異的感覺又泛了起來。

燈下看美人，三分美也能看成十分，更何況原本就是畫皮妖精，這時都快飛升了。

或許是因為就著宵夜喝了點小酒，或許因為飽暖思那啥，又或許是因為早些時候北舟那誇張的反應，她突然覺得夏侯澹也太好看了。

庾晚音不是不懂審美，而是不敢懂。生存面前，一切美醜都可以忽略不計。

譬如端王，誰又能說他不好看？但庾晚音一看到他那張好看的臉，就像看到了鮮豔的蘑菇，只想跑路。

奇怪的是，對著真正的反派臉夏侯澹，她那食草動物般的警惕心卻越來越弱，幾乎無法靠本能維持。

不行啊！戀愛腦是大忌！這種故事裡戀愛腦全都要早死的！

庾晚音晃了晃腦袋。

微醺的夏侯澹彷彿能察覺她的心聲，漆黑的眼瞳朝她掃了過來。

庾晚音倉促地別開目光。

夏侯澹眨了眨眼，戲癮又上來了，托腮問：「愛妃，是在偷看朕嗎？」

庾晚音「噌」地起身就走，「我去洗洗睡了。」

夏侯澹還托著腮，「一起嗎？還能看到更多喲。」

庾晚音僵住了，瑟瑟發抖地轉過頭。

夏侯澹失聲大笑，揮了揮手，「去吧去吧。」

等庾晚音走沒影了，夏侯澹還孤身坐在原地。

他仍舉杯小酌，只是嘴角殘留的笑意正緩慢消失。沒了共飲之人，偌大的殿堂忽然顯得空曠，從鋪墁地縫裡滲出一股冷清的寒意。

一道身影悄無聲息地朝他走來，跪在他身後。

夏侯澹沒有回頭，輕輕放下酒杯，「白先生有信？」

對方雙手呈上一封書信：「請陛下過目。」

如果庾晚音在場的話，就會發現這個風塵僕僕的暗衛並不在他們共同敲定的名單之中，是個從未見過的陌生面孔。

夏侯澹拆開信封，從中先掉出幾顆蠟封的藥丸。他頓了頓，抽出信紙讀了一遍，神情似有些不耐，「他還沒放棄呢？」

暗衛沒有說話。

夏侯澹將信紙放在燭上點了，順手倒了杯茶，服下一顆藥丸，這才吩咐道：「告訴他宮裡一切如常，繼續行事便是。」

庾晚音出了浴，烤乾頭髮，自行上了床。床上用品已經按照現代標準改良了一遍，現在枕頭不硬了，被窩也不涼了，生活品質顯著提高。

夏侯澹去洗澡的時間裡，她躺在床上有點緊張。沒想到夏侯澹只是占點嘴上便宜，到頭來還是規規矩矩躺在三八線另一邊。

庾晚音在保全升級之後找到了安全感，最近睡眠品質很好。唯有今夜因為牽掛北舟，輾轉了一陣子沒能入睡。

眼睛適應黑暗後，她忽然發現夏侯澹也沒閉眼，正對著床幔似看非看。

庾晚音猶豫了一下，悄聲問：「你也睡不著？」

夏侯澹閉上眼，呼吸有些粗重，模糊地嘀咕一句什麼，好像是「就知道沒效果」。

什麼效果？庾晚音懷疑自己沒聽清，問：「你怎麼了？」

夏侯澹呼出一口濁氣，「頭疼。」

這麼嚴重嗎？庾晚音又猶豫了一下，朝他湊近一點，「我幫你揉揉？」

關心同伴很正常，她對自己說。

夏侯澹沒拒絕。但當她的指尖碰到他的太陽穴，他卻瞬間繃緊了全身的肌肉。庾晚音即使在黑暗中也能感覺到他咬緊了牙關。

「怎麼了？我輕一點？」

「……嗯。」

她也沒學過按摩，只能沒什麼章法地輕輕畫圈，「不知道能不能算安慰，你這偏頭痛只是個設定，到最後也沒痛死——至少在你被刺殺之前，都沒痛死。」

夏侯澹繃緊的身體緩緩放鬆下來，語帶嘲諷：「那真是安心了呢。」

「欸，別這樣。」庾晚音不跟病人計較，她自己痛經的時候也是個人間炮仗，「回頭讓北舟幫你檢查一下，看看是腦瘤還是中毒唄。他在江湖上見多識廣，說不定認識一些太醫不認識的毒。」

「嗯。」

庾晚音悄聲問：「你其實還是怕死的吧？」

她的指尖很軟，還帶著被窩的熱度。

夏侯澹勾了勾唇角說：「不好說。」

庾晚音就當他不好意思承認，「沒事，我也怕的。不過你這個總裁得調整一下心態，拿出點幹勁來，這次就算北舟沒能拿回那書，我們也還能再戰……」

「放心吧。」夏侯澹打斷了她的預防針，「只要妳還不想放棄，我也不會。」

庾晚音對著虛空感應了一下，是她太敏感，還是這句話真的有點曖昧？

還沒等她想出點滋味，夏侯澹又補充道：「畢竟還得靠庾姐帶我奔小康。」

庾晚音收了心，「確實。」

夏侯澹被按揉著太陽穴，呼吸聲漸趨輕緩。庾晚音見他睡著了，睏意也不期然地湧上，指尖越揉越慢，最後停了下來。

等她澈底睡熟，夏侯澹慢慢睜眼凝望著她。

庾晚音這一覺不知睡了多久，突然驚醒時，四周亮了些許，尚未破曉。

床幔外面有人低聲喚道：「別睡了，書來了。」

北舟回來了！

庾晚音一個鯉魚打挺坐了起來，忽然覺得哪裡不對，轉頭一看，夏侯澹上半身越過了三八線，分去她半邊枕頭。

庾晚音：「……」

這不能是故意的吧，純粹只是睡相不好吧，等他自己發現了也會吃驚的吧？

床幔外的北舟又喚了一聲：「澹兒？」

夏侯澹睜開眼，撐著額頭坐起身，平靜地披衣下床，「來了。」

故意的！庾晚音有點頭暈。

一直以來，夏侯澹與她獨處時，都是相依為命的戰略盟友態度，雖然也挺親密，但其實從未越過界。

所以現在這是什麼情況？普通的戰略盟友會共用枕頭嗎？

庾晚音壓下一腦門官司，跟著穿好衣服跳下床，「北叔沒受傷吧？」

北舟失笑道：「想讓我受傷沒那麼容易。只是除了禁軍看守，附近還有別人派來的暗哨，繞開他們費了點時間。」

夏侯澹已經若無其事地坐到桌案旁，「看來朕那位好皇兄還沒放鬆警惕呢。幸好有你出馬。」

北舟從懷中摸出一本沾著塵土的書，問：「這究竟是什麼東西？藏寶圖？」

夏侯澹道：「雖不中，亦不遠矣。」

三個人點起燈，翻開胥堯留下的書。

封面上印著「大夏風土紀」，內裡卻全是手寫的墨蹟。寫得密密麻麻，筆跡十分潦草。

顯然，胥堯當初寫這些字，許是當作備忘，又或許是想留個端王的把柄以防萬一，總之不是給別人看的。所以句式非常隨意，還用了不少簡稱。

庾晚音看了好半天才辨別出一行字，「策反……趙副？這個趙副是指誰？」

夏侯澹想了想，說：「禁軍好像有一個副統領姓趙，回頭確認一下。」

庾晚音恍然大悟。原文裡的端王確實策反了禁軍副統領，再扶持他推翻統領，從而將禁軍勢力握在手中。所以他最後從勤王到登基，才會一路順暢無阻。

庾晚音瞇著眼睛又讀了兩頁，都是行動計畫，與她看過的原文劇情大體一致。只是比起她模糊的記憶，這裡記載得清晰得多，有些甚至詳細到了日期與時間。

有一頁的開頭寫著「引燕國間諜除賈」——這個「賈」指的，正是原文中即將被端王借刀剷除的異己，可惜那燕國間諜昨天已經死在青樓裡。

又有一頁寫著「二月，舉闈試不第之才」——明年二月會有一場科舉，但如今的科舉考場，徇私舞弊大行其道，早已成了一潭渾水，寒門學子永無出頭之日。

端王深諳籠絡之道，會私下接觸幾個被刷下來的人才，大開方便之門，用別的方式為他們謀得一官半職，使他們為己所用。

底下甚至附上了可以塞人的官職列表。

庾晚音振奮了。

礙於北舟在場，她無法對夏侯澹說這些細節，只能望著他輕輕點了一下頭：這玩意好使！

夏侯澹也點一下頭：厲害。

北舟好奇道：「這些是端王謀劃的事？他想謀反？」

夏侯澹笑道：「是的。不過現在有書在手，我們便可各個擊破，讓他謀劃不成。」

北舟面露擔憂：「澹兒，這樣你會不會太累了？叔直接去砍了他的頭，豈不省事？」

夏侯澹：「……」

夏侯澹道：「謝謝叔。只是端王黨樹大根深，北叔再厲害，也難敵千萬人啊。」

北舟陷入沉思，彷彿在認真評估一挑一萬的可能性。

夏侯澹道：「就算能將之連根拔除，以後太后一家獨大，下一步就是除掉朕。這樣殺來殺去，治標不治本的。」

北舟問：「那要如何治本？」

夏侯澹沒有回答。

庾晚音翻著書，突然問：「燕國為何要派刺客？他們應該知道，殺我們一兩個王公貴族，也是治標不治本吧？」

北舟道：「都說燕土乾旱貧瘠，連年饑荒，日子過不下去了。他們過得越不好，就越恨我們，都快瘋魔了。而且燕國內部也有權力之爭，派幾個刺客，大概是他們博取聲望的籌碼吧。」

庾晚音剎那間福至心靈，「北叔，燕國地處乾旱地帶，種的是什麼作物啊？」

夏侯澹：？

夏侯澹：！

兩人目光炯炯地盯住北舟。

北舟撓了撓頭，道：「好像是叫……燕黍？不是什麼好東西，又糙又難吃，咱們夏國不種，種了也是用來餵豬。」

庾晚音強壓著內心的激動道：「原來如此。北叔今晚辛苦了，快去休息吧。」

北舟一走，她當場跳起，「抗旱的作物找到了！雖然難吃，但每家百姓種一點，何愁旱年過不去？到時候自然沒人造反，端王也就無法乘虛而入了，皆大歡喜啊！」

夏侯澹沉思道：「道理是這個道理，但尋常百姓一共就那麼點田地，妳怎麼說服他們種豬食？」

庾晚音提議：「啊這，由朝廷出面高價收購呢？這樣一來相當於鼓勵他們種植，國庫裡有了存糧，百姓也拿到了錢，等旱年來了，再開倉賑災就行。」

夏侯澹搖頭，「我查過了，國庫真的空了。這國家苛捐雜稅一大堆，但從朝廷到地方又有太多蛀蟲，周邊小國虎視眈眈，軍需費用也砍不了……總而言之，國庫沒錢。」

「大量印鈔？」

「那不就通貨膨脹了嗎？」

庾晚音問：「不好嗎？」

夏侯澹道：「不好吧？」

庾晚音莫名其妙道：「你那什麼語氣，你不是總裁嗎？」

夏侯澹：「……」

夏侯澹比她更莫名其妙，「我是總裁我也沒學過經濟史啊。又不是市場經濟，印鈔減稅什麼的牽一髮而動全身……」

庾晚音聽得頭疼，「行行行，我們都不懂，那只能讓懂的人來幫忙了。」

她點了點胥堯的那本書，指尖落在那行「舉闈試不第之才」上。

「我記得端王挖到的那一批考生裡，有不少人才後來成了能臣，咱們不用等科舉，直接搶在他之前下手挖牆腳吧。」

夏侯澹狐疑道：「就妳那一目十行的閱讀，能記起考生的姓名嗎？」

庾晚音：「……」

庾晚音沮喪道：「我努力一下。」

翌日早晨，太后撥弄著她殷紅的指甲，聽著宮女的例行彙報。

宮女道：「殿下昨夜仍舊宿於庾貴妃處。」

太后微微挑眉。這麼多年，皇帝從未如此專寵過一個妃嬪。而且據她所知，皇帝對房事非但不熱衷，簡直可以說是排斥。

太后覺得蹊蹺，追問道：「可有同房？」

宮女道：「貴妃殿外防守森嚴，不便查探。而且殿下慣於遣散宮人，與庾貴妃獨處。」

太后心中的危機感強烈了起來，「看來這避子湯是非送不可了。」

宮女忙道：「奴婢去辦。」

太后又道：「這庾晚音渾不把哀家放在眼裡，也是時候給她點顏色了。她那個爹……是任少卿之職嗎？」

第五章　夜會端王

張三猛然睜開眼，心臟狂跳。

陽光晃眼，不遠處有一道聲音正在喚著：「殿下……」

張三疑心自己在做夢。五分鐘前他還在數學課上昏昏欲睡，為了驅散睡意而偷偷滑著手機。他一通亂點，點進了什麼網路小說網頁，叫《穿書之惡魔寵妃》。

——一看就是垃圾。

張三百無聊賴地掃了文案一眼，正要退出去，突然間天旋地轉，眼前一黑。

「殿下，」那道喚醒他的聲音又近了些，「太子殿下？」

張三懷著不祥的預感抬起頭，發現自己趴在一張書案上。

一個小太監滿臉憂慮地望著他，「殿下不要睡了，娘娘要來檢查功課了。」

張三：「……」

太子？娘娘？

他正暗暗掐著大腿，就見一個通身華貴、面相威嚴的女人走了進來，冷冰冰地道：「太子今日學得如何？」

小太監躬身喚道：「太后娘娘。」

張三：「……」

完蛋。

他只是個上課摸魚的國中生，哪知道古人該怎麼講話？

面前的太后見他遲遲不語，面露不滿之色，「為何不答？」

張三心臟都快跳出嗓子眼了，抖著手將面前寫了一半的宣紙朝她推了推，試探著說：「就……就這些。」

女人接過去看了幾眼，也不知是滿意還是不滿意，淡淡地說了一番話。張三除了之乎者也，只能聽懂「帝王」「勤勉」「中正」等零星幾個詞。

他似聽非聽，腦子裡一團混亂，只夠思考三個問題：發生了什麼、還能回去嗎、自己要說什麼才不會死。

對方是太后，自己是太子，是祖孫關係嗎？應該是吧，不會有錯吧？

眼見著女人已經講完了，又在等他回答，他硬著頭皮囁嚅道：「是，謝謝皇祖母。」

漫長的三秒過去，女人點了點頭，起身走了。

張三緩緩呼出一口長氣，這才發現自己背上全是冷汗。

所以他到底要從哪裡開始學說話？

庾晚音把腦漿都榨乾了也沒想起那幾個考生叫什麼，不過她想到了另一個法子。

北舟如今就住在貴妃殿，除了近身保護庾晚音，閒來也替他們訓練一下暗衛。

這天庾晚音敲開他的房門，「北叔，在忙什麼？」

北舟慈愛道：「做兩件披風給澹兒和妳。」

庾晚音道：「……叔真是秀外慧中啊。叔啊，你闖蕩江湖這麼久，又在青樓混過，身上有沒有帶什麼迷魂湯啊，能讓人口吐真言的那種？」

北舟想了想道：「迷藥倒是有，效果也就比烈酒強一點，能讓人神志不清胡言亂語，但說出口的是不是真言，可無法保證。」

庾晚音道：「如果讓人喝下，此人醒來後還會記得自己說了什麼嗎？」

北舟道：「這有點難辦，想讓人夢醒失憶的話，劑量要很大，但這麼大的劑量下在茶中、酒中都會有異味，很難不被察覺。」

庾晚音道：「沒問題，我有辦法。」

她覺得自己真是個天才，一切盡在掌握之中。

從北舟那裡拿了藥，她又去御書房找夏侯澹——現在宮裡誰不知道庾貴妃正如日中天，她想去什麼地方，根本沒人阻攔。

夏侯澹正在翻奏摺，「有個太后黨參了妳爹一本，說他以賭牌之名行賄。看來是太后想拿妳爹開刀了。要理嗎？」

庾晚音無所謂：「理一下也行，貶謫吧。」

夏侯澹道：「這麼無情的嗎？」

庾晚音聳聳肩道：「又不真的是我爹，根本不認識，劇情裡也沒起什麼作用。今天貶了他，讓太后放鬆警惕，說不定還能讓他免受更大的苦頭。」

夏侯澹道：「也行。」

於是愉快地決定了此事。

夏侯澹提起朱筆往奏摺上寫批語。他寫得很慢，字卻挺端正。

庾晚音好奇地看了幾眼，「你還練過字？」

夏侯澹道：「練得不好，勉強能裝吧，我現在只敢寫短句。要教妳嗎？」

庾晚音忙道：「要要要，我也得趕緊學。」

眼見話題扯遠了，她才猛然想起自己過來的目的，「對了，你今晚能不能召謝永兒侍寢？」

死寂。

夏侯澹瞪著她半天沒說話，手中的筆懸空半晌，滴下一滴濃墨。

庾晚音：？

夏侯澹一字一句問：「妳讓我，找別的女人侍寢？」

庾晚音：「……」

這氣氛怎麼這麼奇怪？彷彿自己是個貧困負心漢，賴在家裡無所事事，把老婆踢出去當小姐——夏侯澹，飾老婆。

庾晚音頭皮發麻，「不是真的侍寢，她來了你就給她下藥，然後才好套話。是這樣，我不記得考生姓名，但是她記得啊，她看過《東風夜放花千樹》，知道有幾個德才兼備的考生會含冤而死。明年科舉的時候，端王挖牆腳的名單還是她提供的。」

她如此這般說了自己的計畫。

夏侯澹勉強道：「行吧，那到時候妳躲在旁邊，全程看著，不許走開。」

說完還幽怨地瞥了她一眼。

庾晚音頭皮更麻了。

夏侯澹是從何時開始變得怪怪的？她思前想後，覺得是青樓探險回來之後。

是吊橋效應吧，肯定是吧。

如果這裡必須有一個人是戀愛腦，那個人也不該是夏侯澹。

庾晚音平時看點言情小說打發時間，但其實早就過了會相信「霸道總裁愛上我」這種戲碼的年紀。作為一個社畜，她已經領悟了這個世界的真諦。階級與階級之間是有壁壘的，霸總頭腦都清醒得很，不會閒著沒事去扶貧。

除非是因為，這是在一個生存遊戲裡，而讀過劇本的自己，價值略高於區區社畜，他需要跟我建立更緊密的連接。她近乎冷酷地分析著情況，以便抹殺自己心裡那不合時宜的悸動。

庾晚音猶豫了一下，委婉道：「澹總，你不需要這樣，我們本來就是一根繩上的螞蚱，我會幫你到底的。」

夏侯澹沒再說什麼，揮揮手道：「我還有點奏摺沒看完，妳先回吧。」

庾晚音走出幾步回頭看了一眼，總覺得他的坐姿透出幾分蕭索。

謝永兒正縫著新的香囊，皇帝身邊的大太監安賢過來帶話了：「今晚陛下要召妳侍寢，妳好生準備一下。」

謝永兒驚呆了。

自從庾晚音上位以來，夏侯澹再也沒有召過別的人，她的第一個反應是庾晚音出什麼事了。

打發了小丫鬟出去打聽，得到最新情報：庾晚音的父親遭了貶謫，連帶著本人也遭了厭棄。

謝永兒心裡腹誹，果然帝王無情。

但是這個狗皇帝，卻要自己去委身。

謝永兒煩透了。這段時間的私下接觸，早已讓她對夏侯泊心生情愫。可這位聰明絕頂的天選之子，沒有像她想像中那般輕易地墜入愛河，反而對她若即若離，曖昧不已。

她原本就心情苦悶，此時這道聖旨無異於雪上加霜。

恰在此時，丫鬟道：「庾貴妃來了。」

庾晚音愁容滿面地坐在堂上，一副飽受摧殘的樣子。

謝永兒輕飄飄地關心一句她爹，就見她垂淚道：「我早說過，大家在這宮裡無非是身不由己的浮萍罷了。永兒妹妹，聽說妳今晚要去侍寢？」

來了，謝永兒心想，這是要上演哪一齣宮鬥？

沒想到庾晚音下一句是：「妳現在心裡一定很苦吧。」

謝永兒：「……」

謝永兒差一點點就被感動了。

她必須反覆在心裡告誡自己：紙片人不懂我的精神追求，裝作懂我的樣子只是為了演戲。

庾晚音將她的神情變化全看在眼裡，繼續念臺詞：「聽姐姐一句勸，那寢殿裡的東西若是味道奇怪，千萬不要喝。」

謝永兒問：「姐姐何出此言？」

庾晚音悄聲道：「妳可知這麼多年來，陛下膝下為何只有太子一個皇子？太后施壓，每個侍寢的妃嬪都必須喝下避子湯。到時候啊，妳就假裝喝了，找機會把它倒掉，否則妳永遠不可能懷上龍胎……」

我喝定了，謝永兒想。

太后手下的大宮女得了指令，要讓庾晚音吃下避子藥。

這禁藥的藥方有點複雜，其中幾味藥材不能過明面。幸好大宮女也不是第一次辦這事，著人暗中採買，很快備好一包藥粉。接下來只需倒入湯水或茶水，妃嬪服之，至少一年不能受孕。

結果她愣是沒找到機會。

庾晚音現在用膳飲茶都在貴妃殿裡，那貴妃殿的守衛竟比皇帝寢殿還森嚴，讓人無從下手。

大宮女正在煩惱，忽然聽到消息：庾晚音出了貴妃殿，往皇帝的寢殿去了。

今日不是謝嬪侍寢嗎？這時候過去爭寵獻媚也太傻了吧，皇帝既然已經厭煩了她，哪裡還會見她？

大宮女摸到寢殿後門，找了相熟的小宮女打聽，對方悄聲道：「陛下放庾貴妃進去了。」

大宮女：「……」

這是哪一齣？同時叫兩個妃嬪，難道……皇帝要玩花的？

想到先前那些侍寢妃嬪的待遇，大宮女打了個寒噤，不敢再妄測了。

小宮女接過藥粉，問：「姐姐，那這避子藥到底要給誰喝？」

事發突然，大宮女手上的藥粉只有一服。她糾結了一下，心想：聽太后的吩咐總不用擔責任，「給庾貴妃。」

謝永兒還沒到，庾晚音當著宮人的面上演了一齣爭風吃醋、淒淒切切挽留君心的戲碼。

夏侯澹一臉不耐煩地擺擺手，語出驚人，「那妳也留下，妳倆一起吧。」

庾晚音道：「嚶，謝陛下垂憐。」

四周宮人瞳孔地震[4]。

庾晚音把宮人唬弄過去了，這才柔若無骨地貼到夏侯澹耳邊，低聲道：「我把迷魂藥帶來了。」

夏侯澹道：「OK。」

庾晚音坐到他身邊，一個小宮女乖覺地奉上一杯熱茶。

小宮女指尖有些顫抖，然而庾晚音自己心中有鬼，沒注意到。

夏侯澹揮退宮女，看著庾晚音從袖中取出迷魂藥，倒入面前的熱茶中。

4 瞳孔地震：網路流行用語，因為突然很震驚，眼睛裡的瞳孔驟然放大，瞳孔動靜大得就像發生了地震一樣。用來誇張形容自己突然震驚的狀態。

庾晚音道：「記得給她喝。」

夏侯澹道：「我儘量。她要是不肯怎麼辦？」

庾晚音胸有成竹：「妳就直接讓她喝，她會喝的。」

她認真晃了晃，待藥粉完全溶化，才端著茶走去寢殿後方，放到龍床前的小桌上。

等她轉身走去殿前，剛才的小宮女又從角落裡冒了出來，望著那杯茶滿面驚恐。

庾貴妃不僅沒喝那杯茶，還要給謝嬪喝？難道她已經識破了其中有避子藥？不可能啊，這避子藥難配，正是因為加入茶水後渾然一體，沒有異味，就算全喝下去也辨別不出來。

又或許，庾貴妃心機深沉，猜到太后會有這一手，所以讓謝嬪當替死鬼？

小宮女有把柄抓在大宮女手上，根本不敢忤逆對方。眼見著任務即將失敗，她咬一咬牙，躡手躡腳地上前端起那杯茶。

庾晚音備好迷魂藥，回到殿前陪夏侯澹坐了一下，眼見著天色已晚，謝永兒也該來了，便說：「我去殿側躲一下，免得她看見起疑，等她藥性發作了你再喊我出來。」

夏侯澹道：「那妳安心坐著，讓他們給妳上盤茶點。」

庾晚音坐到殿側屏風後，小宮女迅速端來茶點。

庾晚音揮退左右，悠閒地嗑起了瓜子。

謝永兒來了，儀態萬方地見了禮。

夏侯澹歪坐在殿前，還是那副神經質又危險的樣子，陰惻惻地看了她一眼，也不寒暄，惜字如金道：「來吧。」

謝永兒屈辱地跟著他走向寢殿深處的龍床。夏侯澹坐到床上，蒼白的手指點了點桌上的茶杯，又蹦出一個字：「喝。」

來了，庾晚音所說的避子湯。

謝永兒求之不得，端起來「咕咚咕咚」一飲而盡。

夏侯澹：「……」

這麼積極嗎？

謝永兒咽下茶水，沒品出什麼怪味，只當庾晚音描述有誤，腹誹了一句。

夏侯澹見她喝得如此爽快，喝完了一副「現在要辦事了嗎」的表情，認命地就要脫衣服，忙道：「謝嬪。」

謝永兒動作一停，「陛下？」

夏侯澹：「……」

妳就不能喝慢點，給迷魂藥一點起效時間嗎？

夏侯澹不得不開了金口：「那日宮宴上，聽妳演奏一曲，頗為難忘。謝嬪既好雅樂，不如唱首曲兒助助興。」

謝永兒心下鄙夷：我唱的曲子你能欣賞嗎？

她醞釀了一下，寂寞如雪地開了口：「明月幾時有，把酒問青天……」

夏侯澹又開始掐大腿。

謝永兒的歌聲在空蕩蕩的寢殿中迴響，輾轉飄入殿側，正在嗑瓜子的庾晚音嗆到了，捂著嘴悶咳幾下，端起茶杯抿了一口。

「噗——」

夏侯澹等了半首歌的時間，見謝永兒眼神清明，舉止如常，不禁又看了她手中的茶杯一眼。

殿側忽然隱隱傳來嗆咳聲。

夏侯澹頓了頓，站了起來。

謝永兒的歌聲隨之一停，疑惑地望向他。

夏侯澹隨口道：「妳在此等著。」就走了出去。

他大步走到殿側屏風後，用氣聲問：「怎麼了？」

庾晚音邊咳邊道：「出問題了，謝永兒那杯不是迷魂湯，這杯才是，我剛才一喝才發現的！」

夏侯澹問：「為什麼？」

「我也不知道，我明明……算了，現在不是糾結這個的時候。」庾晚音將茶杯塞給他，「幸好我只抿了一小口，問題不大，你快去讓她趁熱喝。」

「她剛喝了一杯，再給她一杯？妳當她傻嗎？」

半分鐘後。

夏侯澹道：「喝。」

謝永兒接過新的茶杯，一仰頭又一飲而盡。

夏侯澹：？

謝永兒這回品出味道不對了，心想：這杯是真的。

話又說回來，剛才那杯該不會是搞錯了吧？這暴君智商有問題嗎？原文裡有這個設定嗎……

這個念頭剛轉完，她的目光就開始渙散。

夏侯澹等了幾秒，張開五指在她面前揮了揮，「謝嬪？」

謝永兒暈暈乎乎如在雲端，「嗯。」

夏侯澹問：「這是幾？」

謝永兒大驚：「你智商真的有問題？」

夏侯澹：「……」

夏侯澹轉身招呼庾晚音：「出來吧，她傻了。」

庾晚音剛才抿了一小口迷魂藥，目前沒什麼感覺。這藥效也就是加強版的烈酒罷了，拋開劑量談毒性都是偽科學，自己這麼一口應該不礙事。

聽見夏侯澹喚自己，她戴上了事先準備好的狐狸面具，款款走到謝永兒面前，甕聲甕氣地演了起來：「馬春春，妳過得還好嗎？」

謝永兒跌坐在地，打了個酒嗝，「妳誰？」

庾晚音蹲下去望著她，彷彿在打詐騙電話，「連我都不記得了？」

謝永兒對著那面具看了半晌，若有所悟，「妳知道我的名字，那一定是《東風夜放花千樹》的作者太太了？」

庾晚音心裡一驚：這傢伙腦洞還挺大。

她順勢道：「沒錯，想不到妳穿進我的書裡，居然攪動風雲……」

謝永兒突然打斷道：「我爸媽還好嗎？」

庾晚音：「……」

庾晚音道：「挺好的，妳還是關心一下妳自己吧。想不到妳居然攪動風雲……」

謝永兒再度打斷：「我愛豆後來拿了第幾名？」

庾晚音轉頭去看躲在一旁的夏侯澹。

夏侯澹用口型道：「說她愛聽的。」

庾晚音道：「第一。」

一聲脆響，謝永兒悲憤地摔了杯子，「不可能！平臺不會當人的，妳騙我！」

庾晚音：「……」

這傢伙作為一個紙片人，人設會不會過於豐滿了？

庾晚音重整旗鼓，壓沉了聲音彰顯威嚴：「說正事。想不到妳居然攪動風雲，將端王唬得團團轉，還把書裡的劇情線都搞亂了，妳要如何負責？」

謝永兒「呸」了一聲，說：「我要是按照妳的劇情走，只能作為炮灰早早死掉。」

庾晚音循循善誘：「妳不該把那幾個落榜考生的名字劇透給端王。端王保他們入朝為官，固然能讓他們免於不公正待遇，但也奪去了他們經受磨礪的機會啊。正所謂天將降大任於斯人也……」

謝永兒勃然大怒：「狗作者，妳以為我不記得原文了？」

「原文怎麼了？」

謝永兒道：「原文裡李雲錫和楊鐸捷揭發那混世魔王作弊之後，一出考場就被套麻袋打死了；爾嵐女扮男裝被發現，遭人輕薄羞辱之後被逐出都城，含恨自殺；還有……」

庾晚音回頭朝夏侯澹瘋狂比劃：記下來，記下來！

夏侯澹：在記了，在記了。

謝永兒一口氣報了五六個人名：「什麼天降大任，他們跟我一樣，都只是妳隨手造出又隨手捏死的炮灰罷了，還不許我們反抗嗎？」

然而庾晚音已經沒在聽她的慷慨陳詞了。

庾晚音湊到夏侯澹身旁，看了看他記下的人名，心滿意足道：「沒錯，就是他們。找到這些人才，燕黍畝產一千八，旱災通膨都不怕。」

謝永兒坐在原地，醉醺醺地嚷嚷：「狗作者？沒話說了嗎？」

夏侯澹道：「但這些有抱負的讀書人肯定恨死了昏君，否則也不會那麼容易被端王挖牆腳。怎麼在科舉之前就騙他們為我所用，還得研究研究。」

謝永兒轉頭四顧，「人呢？」

「來了！」庾晚音敷衍地喊了一聲，又低聲對夏侯澹說：「我想過了，得靠你的演技。而且在取得他們信任後，你還得說服他們改名，否則這幾人一入朝為官，知道他們底細的謝永兒就會察覺異常。」

「狗——作——者——妳把我害得好——慘——啊——」謝永兒喊著喊著帶上了哭腔。

庾晚音一陣頭大，「來了來了。」

她沒有哄醉鬼的經驗，只好蹲下去拍拍肩摸摸頭，「別哭了，比上不足，比下有餘，那庾晚音才是真的慘。」

謝永兒越有人哄，越是悲從中來，大哭道：「端王根本不信任我，我只是個工具人……」

她哭得太大聲了，庾晚音怕被宮人聽見，剛要去捂她的嘴，忽然聽她含含混混說了兩句什麼。

一瞬間，就在那一瞬間，庾晚音渾身的血液都冷了。

她不經意地側過頭，瞥了瞥夏侯澹。

夏侯澹正對著剛記下的人名苦思冥想，沒有注意這邊的鬧劇。

庾晚音心跳如擂鼓，將耳朵湊近謝永兒，問：「妳剛才說什麼？乖，再說一遍。」

謝永兒道：「我說他不信任我……嗚，我明明讓他對副統領下春藥，卻偷聽到他跟謀士說……說要毒那人的馬……」

謝永兒幫端王出主意，讓他去策反禁軍趙副統領，是寫在《穿書之惡魔寵妃》裡的情節。

按照原文，端王應該採納她的建議，用春藥放倒趙副統領，然後引他去輕薄禁軍統領最喜歡的小妾，最後再讓統領撞破這一幕，從此與趙副統領結仇。

趙副統領是個沒腦子的草包，為了自保，不得不與端王結盟，弄死統領，取而代之。端王透過控制他，就控制了禁軍的勢力。

庾晚音記得策反這件事，卻記不清詳細過程，如今聽謝永兒一說，她才想起，原文裡的端王確實是這麼做的。

——那麼，為什麼胥堯的記錄裡，會是另一個計畫？

謝永兒發完酒瘋後，倒頭就睡。

庾晚音跟夏侯澹一人扛頭，一人扛腳，將她搬上龍床，還扯亂了床單和她的衣服，偽造出事後場景。

「她喝了那麼多迷魂湯，醒來後什麼都不會記得。」庾晚音說：「到時你再罵她幾句，就說她害怕得精神錯亂，發了一晚上瘋什麼的，讓她信了就行。」

夏侯澹道：「她不會信的。她都發瘋了我還不埋她，必有蹊蹺。」

庾晚音有點頭暈，不耐煩地揮揮手，「那你就演一下那個吧，就那個，『女人，從來沒有人敢這麼對我，妳引起了我的注意』。」

夏侯澹問：「……妳認真的嗎？」

庾晚音道：「你自由發揮吧……我累了，先撤了。」

庾晚音匆匆趕回貴妃殿。

她抖著手翻開胥堯的書，抱著微末的期待確認了一下，最後一絲希望破滅了。胥堯的確是這麼記的：「邀趙副飲酒，毒其馬，使瘋馬踏破先帝儀仗。」

那儀仗是先帝在時賜給端王，嘉獎其戰功的，一直被供在端王府的中庭裡。

破壞御賜之物的罪名，遠勝過「玩弄統領的小妾」，足以嚇破趙副統領的膽。

庾晚音闔上書，茫然地望著跳動的燈燭。

為什麼？

為什麼端王脫離了原文的劇本，不再信任謝永兒，甚至修改了理應照辦的計畫？

她難以置信地甩甩腦袋，試圖晃走愈演愈烈的暈眩，再度翻開書，一行一行地從頭確認。

被修改的不只這個計畫。

改動的都是一些很小的細節，比如原文裡中秋之夜做的事，被延遲了一天；又比如暗殺某大臣的地點，從某別院改為了另一個別院。

如果沒有今夜之事，她或許永遠不會注意到這些細節變化，即使發現了，也只當自己記錯了。

如果沒有拿到胥堯這本書，她就只能依照《穿書之惡魔寵妃》的劇情，指揮著夏侯澹左衝右突，試圖挫敗端王的陰謀，卻永遠在細節上失之交臂，最終萬劫不復……

庾晚音發現自己在發抖。她將手靠近燈燭烤熱，卻抖得更厲害了。

為什麼？

她以為自己料敵機先，為什麼端王能預判她的預判？

難道，當她以為自己在最高層時，端王卻站在更上一層，俯視著她露出微笑？

他知道這一切嗎？

自己在他眼中，也只是個紙片人嗎？

他先前故作懵懂不覺，都是在故布疑陣，迷惑自己嗎？

今晚發生的事情，也會被他看見嗎？

——就像讀書那樣，看得清清楚楚？

然後，他只消再度更改一個日期、一個地點，他們就又成了貓爪下被玩弄的耗子。

庾晚音癱坐在椅上，感到自己的身軀在不斷下沉，沒入暗黑的泥潭……

肩上突然多了一隻手，那隻手輕柔地拍了拍她，「妳怎麼了？」

庾晚音眼睛發直，「我完了，玩完了，GG[5]了。」

「為什麼這麼說？」

庾晚音充耳不聞，只顧自言自語：「等死吧，別掙扎了。端王才是真人，我們？我們就是幾行文字，刪除鍵一按就沒了的那種……」

夏侯澹從她身後繞到身前，蹙眉觀察她的神情。

那點迷魂藥終究還是發作了。

或許是因為跟避子湯的藥材發生了反應，這迷魂藥的藥效來勢洶洶，庾晚音只喝了一口，此刻也如墮五里霧中，渾然不知身在何處。

5 GG：Good Game的縮寫，競技遊戲用語，原指「打得好，我認輸」。現多用於現實生活中表示「失敗」的場景。

她聽見一道聲音平靜地問：「所以，妳想放棄了嗎？」

「我……」庾晚音困難地思考了一下，靈機一動，「我還有一條路，可以現在就舉白旗，然後投靠端王呀！你說他會收留我嗎？」

沒有聽到回覆。

庾晚音忽然想起另一節，沮喪道：「不對，他都知曉一切了，根本不需要我。」

安靜持續了一段時間，接著那道聲音說：「或許妳可以讓他愛上妳。」

庾晚音笑道：「奪回屬於我的女主角劇本？哈哈哈，不行的啦，他有謝永兒了。」

「謝永兒不如妳。」

「確實。」庾晚音相當客觀地點頭，「你這提議也不是完全不可行。」

夏侯澹靜靜地望著她，「所以，妳要試試嗎？」

「嗯……」庾晚音陷入沉思。

彷彿過了一個世紀，她面露困惑，「我好像不太樂意。」

「為什麼？」

「他太可怕了。」庾晚音低下頭，「肯定要耍心機就能讓我死心塌地愛上他，然後為他付出所有，耗盡剩餘價值，最後飛撲到他身前為他擋下一刀，或者一箭，無怨無悔地死在他懷裡。」

她揮動著想像力的翅膀，把自己說得淒然淚下，「然後他掉幾滴眼淚把我厚葬了，回頭去找謝永兒……男人都是這麼成大事的！」

夏侯澹：「……」

夏侯澹伸手替她抹去淚水，極其緩慢、極其溫柔地問：「那夏侯澹呢？」

「他？他不會吧，他說的。」

先前庾晚音一人得道，庾家雞犬升天。

庾少卿在朝堂裡只是個毫無作為的老透明，勉強算是端王黨，但又備受排擠。

眼見著庾晚音以前所未有的速度躥升至貴妃之位，門庭冷落的庾府忽然熱鬧了起來，從前不給正眼的人們都要來探探情況、說句好話。

庾少卿透明了這麼多年，如今受到一點巴結，不禁飄了，開始暢想起加官晉爵的美好未來。於是攀上幾個大員的關係，藉賭牌之名行了點賄。

萬萬沒想到，第二天就被太后抓住小尾巴，直接辦了。

他一遭貶謫，庾府再度門可羅雀。

一屋子人正唉聲嘆氣，忽然聽見通傳：「端王到——」

庾少卿受寵若驚。

這種時候，堂堂端王怎會屈尊過來？難道自己對他還有什麼意想不到的價值？

夏侯泊還是那副謙謙君子貌，上坐之後溫言道：「庾大人近來如何？」

庾少卿抹了把老淚，「下官倒是還好，只是擔心貴……貴妃娘娘會不會因此失了聖心，過上苦日子啊……」

夏侯泊便配合地安慰道：「聽聞庾貴妃聰慧賢淑，聖寵隆眷。本王下回進宮，也會為你探問一二。」

庾少卿千恩萬謝，只等他的後文。

然而沒有後文了。夏侯泊與他寒暄了一盞茶的工夫，又客客氣氣地告辭走了。從頭到尾，庾少卿都沒猜出這尊大神的來意。

夏侯泊出了庾府，身後便有兩道影子貼了上來，跟著他上了馬車。

夏侯泊道：「找到了？」

手下呈上一張小紙，「這是屬下在庾晚音的閨房中搜到的。」

紙上是庾晚音入宮之前，在家謄抄的詩文。

夏侯泊看了幾眼，手下又呈上了另一張紙，「這是在藏書閣裡找到的。」

藏書閣火勢稍緩後，端王讓手下打著救火的名號衝入其中，一是為了確認胥堯已死，二是為了看看屍身附近有沒有不利於自己的證物。

手下沒在胥堯那裡搜出什麼，卻帶出了庾晚音書案上的一張紙。

破碎的紙張邊緣已經燒焦，上頭留了幾筆斑駁的墨痕。

夏侯泊將兩張紙比對了一下，淡淡地笑了，「看出什麼了嗎？」

手下道：「……這兩幅字，真是同一個人寫的？」

夏侯泊點了點紙張，「看來是時候與她會一面了。」

庾晚音睜開眼睛又閉上了，猛然翻身，將頭埋進枕下。

她昨晚只喝了一小口迷魂藥，沒有斷片。相反，所有對話她都記得清清楚楚——端王有可能在最高層。

她原本想瞞著夏侯澹調查此事，結果卻親口告訴了對方可以舉白旗投靠端王……

幸好自己最後還是對夏侯澹表了忠心的，否則這時應該已經在土裡了。然而那表忠心的方式……

庾晚音用枕頭捂住耳朵當鴕鳥。

說完那句「他不會吧，他說的」，她就澈底暈了，一頭栽向夏侯澹。

夏侯澹也沒再說什麼，將她抱上床，好像還替她蓋了被子，就轉身走了。

庾晚音不知該如何面對他。她自己心裡也覺得不可思議。

穿來之後庾晚音告誡過自己三千遍，誰也別信，她玩不起。不能戀愛腦，不能衝動行事，不能遊戲人生。人家天選之子死了，這本書會腰斬；她死了，這本書最多砍掉三頁。

——所以到底從什麼時候起，她就在潛意識裡把自己賣了？

賣了也就算了，還讓人知道了！簡直是在對夏侯澹揮手絹：我是顆傻棋，來呀，利用我呀。

這樣下去不行啊……

「小姐？」丫鬟小眉在床邊催促，「該起了，今日要覲見太后的。」

庾晚音梳妝打扮時，小眉便在一旁閒話：「聽說今早陛下寢宮中有個小宮女被嚴刑拷問，之後就被拖出去了。好像是往茶水中下了避子藥，小姐妳沒事吧？」

庾晚音在腦中過了一遍關於那杯茶的細節，想明白前因後果。

「不要緊，我只喝了一點點，大部分是謝嬪喝的。」

小眉愣了一下，委婉道：「她現在已是謝妃了。」

庾晚音：「……」

小眉眼眶一紅，「陛下怎可如此荒唐，竟讓妳們兩人在同一夜……還封她為妃！老爺、夫人該多心疼啊，嗚嗚嗚……」

庾晚音想起來了，自己好像讓他對謝永兒演一齣「霸道總裁愛上我」的戲碼。

小眉猶在憤憤不平：「聽說她還故作惶恐，百般推辭，然後陛下說……說他從未見過像她這樣特別的女人。」

庾晚音：「……」

夏侯澹確實演上了。

眾妃請安時，他又出現了，這次沒給庾晚音一個眼神，直接坐到謝永兒旁邊。

謝永兒不自在地往旁邊讓了讓，他又擠了擠。

謝永兒奉茶給他，他接過時特地摸著她的手。

坐在一旁的庾晚音瞬間感覺到無數道視線偷瞄向自己，包括太后的。她非常入戲地淒然低下頭。

太后心裡盤算著該準備新的避子湯了。

太后道：「花朝宴臨近了，皇帝可有什麼打算？」

夏侯澹道：「到時，就讓謝妃獻舞吧。」他瞇眼看著謝永兒，「聽過謝妃奏樂唱曲，卻還沒領略過妳的舞姿呢。」

庾晚音心想：要是跳起〈極樂淨土〉，夏侯澹能憋住嗎？

夏侯澹恰好在此時不經意地瞥了她一眼，彷彿想像出類似的畫面，嘴角幾不可見地一抽。

庾晚音趕緊別開視線，免得笑場。

無論如何，夏侯澹作為隊友，比起端王還是可靠得多。

夏侯澹陪坐了一下就走了。

等到謝永兒隨著眾妃嬪魚貫而出，就發現安賢沒有隨著皇帝離開，而是等在外頭。

見她出來，安賢笑道：「謝妃娘娘，奴婢送您回去。」

皇帝身邊的大太監把寶押給了謝永兒！

庾晚音又感覺到無數道視線。她黯然一笑，獨自走開了。

說來在原文裡，這老太監為了巴結庾晚音，在謝永兒失勢時狠踩過她一腳。後來謝永兒鬥贏了，安賢又去捧她，卻被她送進了大牢。

如今少了失勢這一節，謝永兒沒跟他結仇，反而乖覺地走到他身邊。

她畢竟是惡魔寵妃本妃，對得寵一事雖然不耐煩，但也要充分利用。

不如先利用安賢除去幾顆眼中釘？

兩人走出一段，謝永兒楚楚可憐道：「安公公可否賜教，陛下究竟看上我哪一點？」

安賢笑道：「陛下說，他昨夜看妳瘋瘋癲癲，有一股鮮活之氣，跟別的宮妃不一樣。今早又視妃位如糞土，好生單純可愛。」

謝永兒：「……」

太土了！

庾晚音沒管這邊的土味小劇場，獨自踱去了藏書閣。

藏書閣正在舊址上重建，進度相當緩慢。

她望著那些精細作業的工匠發了一下呆，腦中盤算著端王的事，忽聽有人喚道：「庾貴妃。」

庾晚音轉頭，身邊多了個工匠打扮的人，二話不說塞給她一物，「請收下。」

庾晚音莫名其妙低頭一看，是一封信箋，信封上沒有落款。

「這是……」她抬起頭，對方已然不見蹤影。

庾晚音走到無人處拆開信，只有寥寥數字：「子夜御花園，石山後一敘。」

落款處畫了隻王八。

御花園周圍巡守的侍衛似乎被支開了。庾晚音沒提燈燭，藉著月光摸索前行，便聽石山後傳來一道溫煦的聲音：「晚音。」

夏侯泊果然等在那裡了，月光下一襲白衣猶如謫仙。

庾晚音獨自赴約，多少有點心慌。本想帶個人保命，然而無論是北舟還是暗衛，肯定都會找夏侯澹告密，所以她只得偷溜出來。

她必須知道他在第幾層，才能決定接下來怎麼走。

她做了個深呼吸，沉下心來進入角色，面露嬌羞，道：「殿下，怎麼這樣叫我？」

夏侯泊笑而不答，只說：「今日早些時候遇到了庾少卿，他頗為牽掛，不知妳在宮中過得如何。」

庾晚音長嘆一聲：「陛下今早封了謝妃。」

說到這個名字，她瞄了夏侯泊一眼，昏暗中看不出他有什麼神情變化。

庾晚音索性直接問道：「殿下以為謝妃如何？」

「她是陛下的妃子，我不敢妄議。」

「……那我呢？」

「妳？」夏侯泊慢慢朝她走近一步，「晚音，咱們已經認識這麼久了，有些話是不是也該說開了？」

庾晚音做含情脈脈狀：「比如？」

端王也含情脈脈地說：「比如，妳究竟是誰。」

站穩了，庾晚音想。

夏侯泊道：「又比如，陛下是誰，謝永兒是誰。」

庾晚音沒能控制自己倒退了一步。

最壞的猜測成真了。

他能看穿謝永兒，也許是因為謝永兒這戀愛腦說漏嘴什麼。進一步看穿自己，也許是因為自己在哪裡露出了馬腳。但看穿夏侯澹那個影帝，卻絕無機會。

他只能是站在更高層。

夏侯泊微笑道：「不必如此緊張，我對妳一向沒有惡意。妳也能預知一些事情，便更該明白，選我才是明智之舉。」

庾晚音道：「你……你既然全都知道，還需要我做什麼？」

夏侯泊愣了愣，「妳誤會了，我來找妳，並不是為了知道什麼，只是因為心悅於妳。」

庾晚音感到荒誕極了，「我們連物種都不一樣，你怎會心悅於我？」

夏侯泊頓了一下，「這並不妨礙。」

庾晚音道：「啊？所以你是喜歡我這個角色嗎？」

夏侯泊溫柔地笑了笑，說：「所以從一開始就來找妳啊。」

寢宮裡一燈如豆。

「庾貴妃去了御花園。我跟去看了一眼，她在與端王私會。」北舟直截了當道：「離太遠了沒聽清說了些什麼，不過氣氛似乎挺旖旎。」

夏侯澹：「……」

北舟憂心道：「澹兒，此人如果已經投敵，是不是處置了比較好？叔知道你喜歡她，但她可是你的枕邊人，一旦生了異心，太過危險了。」

夏侯澹用指尖撥弄著燭火，沒有說話。

一旁跪著的暗衛熟練道：「屬下去辦？」

夏侯澹慢慢道：「你們有沒有想過，站在她的角度，跟隨端王確實更穩妥。」

北舟很困惑：「為何？你不是已經掌握了端王的計畫嗎？」

夏侯澹苦笑了一下。

昨晚庾晚音匆匆告辭，腳步虛浮地逃回貴妃殿，然後發現了端王的祕密。她當時並沒打算告訴自己，只是那一口迷魂湯讓她說了真話。

她信任自己，但她太怕端王了。

「想活下去，也是人之常情。」

北舟嘆息了一聲，說：「你不該讓兒女私情衝昏頭腦……那女子真有如此重要？」

夏侯澹道：「她是我的浮木。」

北舟與暗衛面面相覷，怎麼就成浮木了？

暗衛沒遇到過這種場面，試探道：「陛下，埋嗎？」

夏侯澹道：「你再問一個字，朕就埋了你。」

庾晚音摸索著朝貴妃殿走去，每一步都重逾千斤。

她腦中一團糨糊，所有計劃，所有抱負，乃至所有自我認知，全裂成了無數碎片。

不玩了，這還怎麼玩。

或許對方把她當一本書讀的時候，真的喜歡她這個紙片人？雖然聽起來很奇怪，但對她來說絕對是個好消息。他都拋橄欖枝了，乾脆早點投奔過去，還能顯示一下誠意……

然而在意識深處，始終縈繞著一絲違和感。

她的腳步越來越慢，最後停在原地。

不對吧。

被恐懼攫住的大腦重新開始艱難地運轉。

如果夏侯泊真的在更高層的話，怎麼會讓他們看見胥堯的書呢？費心偽造一本書，故意讓他們看見，從而對他的身分產生懷疑，這對他有什麼好處？

想要打敗夏侯澹，最簡便的方式當然是什麼都不讓他們知道。

為什麼不索性銷毀那本書？

猶如冰面碎裂只需一道縫隙，一旦有了這個疑問，更多的疑問便爭相湧上。

他如果知道她是穿的，可以直言相告，為什麼要幾次三番地試探她？

今夜她說物種不一樣的時候，他是不是頓了一下？

庾晚音重新邁出腳步，越走越快。

這一切其實還有另一種解釋，那就是端王仍然是紙片人，但是，他透過某種方式察覺了異常，猜測他們換了芯子。

在他眼中，他們或許類似於開了天眼的半神，所以可以預知未來，還能察覺他一些祕密。

所以端王不信任她和夏侯澹，也不信任謝永兒——對他而言，他們三個才是同類。

透過胥堯那本書可以看出，謝永兒給他的建議，都被他修改了細節。這算不算是一種試探，試探他們究竟能預知到哪一步？

可是，他並沒有把握，自己修改細節之後就能逃過他們的天眼，所以他才要接近她，故弄玄虛套她的話，進而策反她……

但還有一個疑點：一個紙片人究竟是怎麼生出「換了芯子」這麼前衛的概念的？就連謝永兒都沒能找出同類，他卻明確懷疑了三個人。

這真的是「智計超群」就能解釋的嗎？

如果沒有更多的證據，就無法判斷他究竟是哪一種。

庾晚音思前想後，暗暗下了一個決心。

第六章　密會

翌日，她找到了夏侯澹，「我要拿那幾個考生做一個實驗。」

夏侯澹問：「……什麼？」

「是這樣，現在關於端王有兩種假設，他有可能比我們更高一層，也有可能還在最底層。所以我想試一試他。」庾晚音花了一個晚上想出這個計畫，此刻正在興頭上，沒注意到夏侯澹探詢的眼神，風風火火道：「謝永兒說出的那幾個考生，你能聯絡上嗎？」

夏侯澹望著她。

她夜會端王，不是去投誠的嗎？

夏侯澹道：「已經在找了，應該沒問題。我打算近日微服出去與他們見一見，看看能不能打動他們。」

「好，那我們事先放出消息，讓端王以為這場會面在A地，然後到了當日，再偷偷去B地碰頭。現在有了暗衛和北舟，這點祕密應該能夠保住。」

夏侯澹隱約明白了她的想法，「所以妳想看看端王會去哪裡查探？」

「對，如果他得了A地的情報，就去A地守著，那就是紙片人。如果他朝兩邊都派了人，那他還是紙片人——我們的行蹤被發現了，但端王多疑謹慎，兩地都不會放過。」

庾晚音緩緩道：「只有在一種情況下，他才會捨棄A地，直奔B地——他在更高層，預判了這一切，所以確知A地可以忽略。」

夏侯澹鼓起掌來：「不愧是庾姐。」

庾晚音道：「嘿嘿嘿，一般一般。」

「但妳有沒有想過，萬一他預判了一切，包括我們現在的對話，所以故意朝兩邊都派人呢？」

「他不會裝紙片人的。」庾晚音咬咬牙說了出來，「他私下接觸過我，想讓我相信他在更高層，然後效忠於他。有這個機會證明自己，他巴不得呢。」

夏侯澹微微挑眉道：「這種事，妳就這麼告訴我了？」

庾晚音被他看得有些心虛，不自覺地提高了聲音：「我這不是不信他嗎？能選的話我肯定跟你混啊。」

「庾晚音。」

「嗯？」

夏侯澹揉了揉額頭，「如果實驗結果證明，他在更高層呢？」

庾晚音：「……」

夏侯澹道：「如果是那樣的話，妳可以去投靠他。這是真心話。」

類似的臺詞他之前也說過，但庾晚音只當是懷柔之策，沒往心裡去過。

夏侯澹語聲平淡：「我不會攔妳，但妳離開之後，就失去了我的庇護，這點妳應該也懂。」

這……是在威脅嗎？

庾晚音小心道：「然後你要做什麼？」

「我？」夏侯澹彷彿認真考慮了一下，「我多半會在力所能及的範圍內殺一些人，然後坐等自己的結局吧。」

庾晚音的心涼了一下，「……你聽起來有點跟暴君重合了。」

夏侯澹無精打采道：「沒辦法啊，妳天天頭疼欲裂試試看。」

庾晚音無法真正害怕夏侯澹，哪怕他說著最危險的臺詞。

她也思索過為什麼。或許是因為他的表情和語氣——三分抱怨，三分低落，像一個吃火鍋時聊著跳槽衝動的同事。不僅與他在外扮演暴君時判若兩人，也不太像個高高在上的總裁。

他渾身都釋放著「這是同類，可以相信」的氣息。

她甚至無法報之以謊言，隨口哄他「就算是那樣，我也不會跑路」。因為大家都一樣，大家都明白，公司破產了，員工都是會走的。

跟她看的文裡那些女主角比起來，她的戀愛腦只有三分之一，膽子則只有二十分之一。那點虛無縹緲的溫情，在死亡面前不堪一擊。

庾晚音早就知道自己是這個德行，但面對著夏侯澹，心中還是有些不好受。

她轉移了話題：「北叔在替你四處驗毒呢，他連我都查過了。以後會好的。」

接下來幾天，夏侯澹一方面朝考生寄出了密函，另一方面朝端王放出了假消息。

幾日後。

夏侯澹道：「考生們到B地了。端王的人目前只去了A地。」

庾晚音神情鬆弛下來，「那就八九不離十了，這孫子是裝的。總之先去赴約，靜觀其變吧。」

所謂的B地是一處湖。

今日天陰，遊人並不多，湖中稀稀拉拉漂著兩三艘船。

夏侯澹和庾晚音這次扮作通身貴氣的公子哥，在「家丁」們的簇擁下包了一艘富麗的畫舫，朝湖中心緩緩蕩去。

畫舫遠離湖岸之後，又有一艘小漁船朝它靠過來。

暗衛在雙船之間放下踏板，須臾接上來六個人。

盤絲洞二人組今天又是慈眉善目二人組，雙雙搖著摺扇站起身來，文質彬彬地迎接來客。

六個學子大多是單薄的文人身形，只有當先一人較為健碩。見過禮後，他們才卸下了臉上的人皮面具，露出六張年輕或滄桑的臉。

當先那個健碩學子瞧起來年過三十，神情倨傲中隱隱帶了些不滿，口中道：「我等前來赴約，是有感於閣下的來信，願與知音一敘。不過今日一看，閣下對我等並不似信中那般相見恨晚。」

他這暴躁老哥似的一開口，庾晚音就對上號了。

李雲錫，所有考生中最窮苦的一個。胸有大才而屢試不第，生性剛正不阿，在《東風夜放花千樹》裡因為揭發某關係戶作弊，最終橫死街頭；在《穿書之惡魔寵妃》裡則被夏侯泊籠絡，成了其一大助力。

夏侯澹忙拱手道：「勞煩各位舟車勞頓，又受了這遮頭蓋面的委屈，在下心中實在過意不去。個中情由，容後解釋。如信中所言，在下確實仰慕諸位才名已久，諸位的錦繡文章，尤其是其中的賦稅徭役之論，在下常常口誦心惟，掩卷而思。」

他彷彿生怕姿態擺得不夠低，說完當場對著原作者背了幾段，背得聲情並茂、搖頭晃腦、嘖嘖感慨。

學子們：「……」

有點羞恥。

讀書人畢竟面皮薄，被這麼一捧，總要擺出個笑臉回贈兩句。

夏侯澹順勢請他們落了座，換上一臉憂國憂民，「諸位無疑有經國之才，只是如今世道混亂，科舉猶如一潭死水，徇私舞弊大行其道，寒門學子幾乎沒有出頭的機會。在下見諸位一年年苦讀，心有不忍啊。」

李雲錫道：「誰人不知所謂選賢舉能早已成了笑話？只是我一心未死，承仰鄉親蔭澤，不甘百無一用罷了。」

他這話戳中了考生共同的痛點，餘人紛紛附和。

有人說朝中能臣凋零，大夏要完，自己恨不能以頭搶地喚醒那暴君；有人提出端王文韜武略，尚可稱賢王，又有人冷笑道端王一心自保，不敢出頭；有人辯駁端王無罪，罪在暴君，陷民生於水火；甚至有人指責庾晚音妖妃禍國。

最後有人喝茶上頭了，振臂一呼：「王侯將相！」

夏侯澹道：「寧有種乎？」

學子道：「正是！」

庾晚音嗆咳出聲，用手肘捅夏侯澹。

學子們冷靜下來一想，也有些膽寒，「……閣下可真敢說。」

唯有李雲錫嗤笑道：「有何不敢？在座諸位皓首窮經，能救大夏幾何？」

夏侯澹道：「沒錯，讀書救不了大夏人。」

李雲錫道：「你們且抬眼看看，不見青天，唯見爛泥！碩鼠碩鼠，無食我黍！既為蒼生，無有不可！」

夏侯澹激情鼓掌：「說得太好了，有李兄這般胸襟抱負，大夏才有望啊！」

學子們都感動地看著他，「閣下果然信如其人。話已說到這個份上，不知閣下能否告知大名？」

夏侯澹搖了搖摺扇，儒雅道：「敝姓夏侯。」

船艙裡寂靜了一下。

學子們紛紛站起身來望著他，「端……端……」

夏侯澹道：「單名一個『澹』字。」

庾晚音腳趾摳地。

她應該在船底，不應該在船裡。

夏侯澹又指了指她，說：「這是禍國妖妃庾晚音。」

暗衛積極地圍了上來。

凝固在原地的學子們終於動了，七零八落地跪了下去，面如死灰。只有兩個人還硬戳在原地不肯跪。其中一個自然是李雲錫，另一個是剛才附和得最起勁的杜杉。

此時李雲錫自知必死，反而不慌不忙，瞪著那對惡人夫妻滿臉不忿；杜杉卻雙腿發抖，只因臉面比天大，愣是不肯輸給李雲錫。

夏侯澹擺擺手揮退了暗衛，「諸位都請起。」

他倒是沒有絲毫不自在，彷彿剛才放言要反了自己的人不是他。

「諸位只知暴君苛政、魚肉百姓，殊不知朕這個皇帝早已被架空。如今的朝政，半數由太后把持，半數由端王左右。他們以朕的百姓為賭注，一場接一場地豪賭，朕心如刀割，卻別無他法。今日一敘，只為朝諸位剖開這顆拳拳之心。」

他再次示意，學子們訕訕地重新落座了。

只有李雲錫仍然梗著脖子站著，「陛下既有此心，何不整頓科舉，廣納人才，卻要我等形同做賊，蒙面來見？如此納才，未免有失君儀。」

「適才說過，確有苦衷。」夏侯澹道：「太多雙眼睛盯著朕，單是動一動科舉，便會立即遇到多方阻撓。若非暗衛四處搜羅，諸位的錦繡文章根本到不了朕的案上。此時只能暗中接觸，再徐徐圖之，將諸位送去合適的位子上大展宏圖。」

他嘆了口氣，道：「諸位一入朝堂，定會被太后或端王黨盯上，或吸納，或利用，或針對，拖入他們的豪賭之中。到了那日，唯願諸位莫忘了今日舟上痛陳之辭、鴻鵠之志，站直了身子，做大夏的脊梁啊。」

庾晚音服了。

聽聽，真是催人淚下。

這總裁到底是做什麼生意的，這麼有演員的自我修養？

學子中甚至有兩人紅了眼眶，庾晚音辨認了一下，一個是扮男裝的大才女爾嵐，還有一個是方才抖著腿不肯跪的杜杉。

杜杉一臉感動道：「陛下竟寄如此厚望於我等，真是……」

李雲錫道：「真是成何體統！」

夏侯澹：？

庾晚音：？

李雲錫暴躁道：「天子此言，何其輕巧？一句苦衷，就要將寒門學子的血肉之軀塑成棋子，去為你拋頭顱，灑熱血，廢太后，除端王。夾縫求存，所以你不能抒發己志？多方阻礙，所以你不能整肅朝綱？堂堂天子連這等擔當都沒有，又何必演什麼千金買骨，推別人去做脊梁！」

夏侯澹：「……」

挺押韻的。

角落裡抱胸而站的北舟動了一下，想去砍了他。夏侯澹幾不可見地搖了搖頭。

李雲錫提高聲音，說得咬牙切齒：「草民的鄉親父老，每家每戶，無一不是一年到頭起早貪黑地耕織，存留的糧米卻只夠果腹。草民一對弟妹，出生不久趕上歉年，被父母含淚活活餓死……如此賦稅，去了該去的地方嗎？中軍連年奮戰對抗燕國，將士的軍餉裡竟摻了三成沙石！陛下，陛下，你睜眼看過嗎？」

杜杉慌了：「李兄，也不必如此……」

李雲錫嘲諷道：「適才是誰說若能面聖，定要以頭搶地、以死相諫？聖上就在眼前，怎麼一個個都啞巴了？」

杜杉漲紅了臉，被堵得啞口無言。

庾晚音這時真的有些汗顏了。

她是小康家庭出身的普通社畜，學校裡也沒教過如何拯救一個國家。加上人在書裡，始終有種虛幻感，無法對紙片人的處境感同身受。所以集結這些學子時，確實沒想過會面對這一番拷問。

可是……她現在無法確定自己不是紙片人了。

所以其他紙片人的痛苦，真的那麼虛假嗎？

此時李雲錫一通搶白，夏侯澹顯然也招架不住了，沉默不語。庾晚音不由得幫著說了一句：「陛下當時處置了戶部尚書的，鬧得很大，諸位應該聽過。」

一旁的杜杉欲言又止，幾番掙扎後開口道：「月前消息傳來，草民的家鄉百姓無不歡欣鼓舞，為陛下燒香祈福。」

他沒再說下去。

庾晚音彷彿臉上被人揮了一拳。

那戶部尚書死後，太后黨立即推上了另一個嘍囉占位。

無須再說，她也能猜到民生沒有絲毫改善。那家家戶戶的高香終究是白燒了。

李雲錫失望地搖了搖頭，似乎無意多談，轉身要走。

他剛轉身，暗衛就動了。

所有人都明白此人絕不能留——他懷著如此仇恨離開，卻又已經知曉夏侯澹的密謀，等於一顆不定時炸彈。

杜杉顫聲道：「李兄。」

暗衛直接亮劍，李雲錫不為所動，大步向前，似乎打定了主意要血濺畫舫。

「等等！」庾晚音喊道。

她小跑到李雲錫面前，語無倫次道：「李……李先生，陛下今日來此，絕不是為了將各位捲入朝黨之爭。說難聽點，那尸位素餐之輩——也包括皇室——死也就死了，可百姓又有何辜？」

眾學子震驚地看著她，妳剛才說包括誰？

庾晚音道：「但如今局勢已經如此，賦役不均，胥吏舞弊，貪官橫行，國庫空虛，我等能力有限，實在是惡補也來不及了，需要諸位啊。」

她深深一禮，懇切道：「晚音口拙，說不出什麼大道理，唯有懇請各位，不為什麼暴君妖妃……」

眾學子震驚地看向夏侯澹。

夏侯澹毫無反應。

庾晚音繼續道：「也為家鄉父老計議吧！」

她再度深深一禮，抬起身時發現李雲錫盯著自己，神情有異。

庾晚音抹了把眼淚，詫異於自己的演技。但另一方面，她又不確定自己還是不是在演。

「陛下、貴妃娘娘。」一個安靜清瘦的學子開口了。

「草民生來患有惡疾，如今只剩兩三年壽數。」

庾晚音想起來了，此人叫岑堇天，是個農業奇才，在原文裡不能算是端王黨，一腔赤子之心，為社稷嘔心瀝血了兩年。

然後旱災來了，他看著焦枯作物、遍地餓殍，懷著生不逢時的憾恨咽了氣。

兄弟祭天，法力無邊，端王當著眾人的面向他祭酒，發誓為其報仇，然後反了。

岑堇天道：「敢問陛下，草民有生之年，能否看見河清海晏，時和歲豐？」

夏侯澹與他對視片刻，鄭重道：「此為天子之諾。」

岑堇天淺淡一笑，跪地道：「願為天子效犬馬之勞。」

所有學子最終心平氣和地圍坐在一起，與夏侯澹商議了兩個時辰，最後眾人弄來烈酒共飲了一杯。

夏侯澹與庾晚音親自將他們送回漁船，望著他們戴回偽裝，撐舟離去。

兩人還沒有轉身回艙，便聽喀啦一響，不遠處的漁船在他們眼前開始迅速下沉。

事發突然，所有人愣住了。

夏侯澹猛地轉頭道：「暗衛，掉頭救人！」

有幾個通水性的學子果斷棄了漁船，朝著畫舫游來，餘下的還在徒勞地往外舀水，便見平靜的水面驟然生變，游到半途的學子忽地嗆水掙扎起來，身後憑空冒出幾道刺客的身影！

庾晚音一聲尖叫，只見水中一片暗紅漾開，杜杉已經被刺客從背後抹了脖子。

夏侯澹的暗衛紛紛跳入水中與刺客纏鬥，試圖保護學子。

北舟站在船頭，目光如電掃視了一圈，指了指湖岸某處，簡短道：「那裡。」

話音剛落，也不見他如何動作，舉起的袖中就「咻」地射出一物，閃電般直衝著湖岸而去！

緊跟著岸上傳出「噹」的一聲巨響，有人擋下這一物。

直到此時，庾晚音才看清他所指的地方，確實立著幾道人影，其中一人被其他人擋在身後。

雖然看不清眉目，但用腦子一想也知是夏侯泊無疑。

北舟袖中「咻咻」連聲，攻勢不斷。夏侯泊的侍衛舉劍抵擋，漸漸吃力起來，護著夏侯泊左躲右閃，很快就倒下一人。

水中的刺客發覺不妙，分了幾個人來阻撓北舟。

夏侯澹的暗衛頓時占了上風，護著哭爹喊娘的學子游向畫舫。

庾晚音左右一看，船上有兩個救生用的木桶，一頭連著繩子，連忙抱起來拋向眾人，「抓住！」

李雲錫體魄健壯，無須暗衛幫助，自己游得最快，一把抱住一個木桶。庾晚音連忙往回拉繩。

鬆弛的繩子猛然緊繃！

一名刺客在混戰中受了傷，又被打落武器，只能閉氣入水伺機而動，此時突地冒出頭，拖住李雲錫。李雲錫猛烈掙扎，刺客死死鉗著他不放，要把他拖入水裡。

李雲錫口鼻嗆水，終於呼道：「救——喀喀喀……」

庾晚音使出了吃奶的力氣拽繩子，「別放手！」

她吃不住那頭的重量，整個人朝船沿滑去。背後伸來另一雙手，與她一起抓住繩子。

夏侯澹咬牙道：「我也拉不過。」

庾晚音道：「閉嘴，拔河！」

「端王來了，妳的實驗結果如何？」

「我已經不在乎了。」

無論是因為預見了此處，還是追蹤到了此處，夏侯泊終究還是來了。

他來了，要在他們眼前殺死所有學子。

是控制，也是震懾。

他要嚇破他們的膽，讓他們再也生不出反抗之心。

按照她膽小如鼠的本性，此時確實該被嚇破膽。

但是物極必反。

庾晚音怒髮衝冠。

她一直覺得站在端王的角度，從小遭受太后虐待、夏侯澹欺負，苟延殘喘到了出宮建府，又有感於朝政腐敗，想要取而代之，一切行為有他的道理。

然而，水中掙扎的這幾個人，是未來的股肱之臣、社稷棟梁，是穩住大夏的最後希望。

如果他是紙片人，那就是在濫殺無辜。

如果他來自更高層，明知他們是誰，還輕易下令抹殺，那就是為了自己亂世梟雄的未來，提早宣判了旱災中無數人的死刑！

「我惡不過他，這點他贏了。」庾晚音死死拽著粗糙的繩子，掌心皮開肉綻，「但哪怕他是神，我也絕不會投誠！」

夏侯澹的手心也磨出了血，聽她咬著牙關說得含混，「妳說什麼？」

庾晚音青筋暴出，朝天怒吼：「幹他！」

這一聲吼得幾乎撕裂了嗓子，回音在空蕩蕩的湖面上傳出老遠。

庾晚音直直瞪向岸上之人。隔得那麼遠，彼此的五官都看不清，但玄而又玄地，她卻懷疑對方露出了一個饒有興味的笑。

庾晚音惡向膽邊生，雙手間陡然爆發出一股蠻力。水中的刺客與李雲錫拉扯良久，已經力竭，沒料到她突然發難，竟被她拽動了，身不由己地漂向畫舫。

庾晚音的血液被擠出指縫，順著繩子一滴滴往下淌。

與她對抗的那股力量忽然消失，她踉蹌著倒退一步，撞到夏侯澹身上。

刺客終於氣力不濟，放開李雲錫，獨自沉了下去。李雲錫抱著木桶浮出水面，嗆咳不止。

幾人這口氣剛鬆，就見水中冒出一雙手，狠狠掐住李雲錫的脖子！

刺客詐死！

庾晚音與雙目暴突的李雲錫對視著，心中的恐懼瞬間沒頂，絕望道：「救——」

下一秒，一道身影如飛鴻般掠去，一腳蹬在刺客的天靈蓋上，「喀啦」一聲送他歸了天。

北舟終於解決了面前的敵人，有餘暇清掃戰場了。

庾晚音發著抖四下掃視，除了開場就被抹脖子的杜杉，剩餘的學子都被救下了。

那些刺客原本人多勢眾，幾倍於夏侯澹的暗衛，結果來得壯烈，送得輕鬆。一場廝殺虎頭蛇尾地結束，岸上那幾人不知何時也撤退了。

水中餘下幾個刺客澈底失去鬥志，轉頭朝岸上游去。

北舟看了看夏侯澹。

夏侯澹道：「一個都別留。」

北舟點點頭，了結逃兵，又跳入水下搜查了一番，把一個閉著氣的漏網之魚撈上來宰了。

一具具屍首橫七豎八地漂浮著，將這一方湖水染成血紅色。

學子們重新上了畫舫，或多或少都受了傷，濕淋淋地蜷縮在船艙裡，只能由暗衛幫著臨時處理傷口。

北舟從懷中摸出一瓶藥粉，對夏侯澹和庾晚音道：「伸手。」

四隻手攤開，暗衛呼啦啦跪了一地，「屬下該死。」

北舟撒著藥粉眼眶一紅，「剛才不該讓那廝死那麼快。」

庾晚音搖了搖頭，低頭望著一旁那具蒙住臉的屍體——杜杉被打撈了上來。

就在一刻鐘前，這個人還滿腔壯志，與他們共飲著烈酒。在原文裡，他雖然有些膽小怕事，但因為死要面子，不甘輸給這些同期，最終也咬著牙接受磨礪，成長為澤被一方的良臣。

庾晚音強迫自己收回目光，走向船艙角落。

爾嵐縮成一團坐在那裡，拒絕了暗衛的包紮，面容緊繃地盯著地板。

庾晚音脫了自己的外衣，披到她肩上，「還好嗎？」

爾嵐驟然抬頭，面露戒備。庾晚音安撫地笑笑，用最小的聲音說：「沒事的，擋一擋。」

爾嵐笑了笑。

夏侯澹一直背靠船壁站著，若有所思。

待學子們包紮了傷口，喝下熱茶，神色鎮定下來，他才開口道：「方才潛伏在水中的刺客已經全死，即使偷聽到了船裡的對話，也傳不出去。諸位又做過喬裝，端王應該無從得知你們的身分——但朕也不敢作保。若他查出朕今日見了誰，恐怕諸位的名字已經上了他的暗殺榜。」

庾晚音與學子們一道抬頭望著他。

夏侯澹道：「經此一役，諸位還想冒險潛入朝堂嗎？現在入朝為官，為免引起注意，必須改名換姓，拋卻過往的才名，甚至很長時間不能再回鄉。明年科舉時，朕會另外找人頂用諸位曾經的名字，圓了這個謊。」

庾晚音心想：這倒是個聰明法子。端王和謝永兒都沒見過這幾個考生的真容，只知道名字而已。如此一來，端王按照謝永兒給的名單去找人時，就會找到幾個贗品。

夏侯澹話鋒一轉：「若是就此萌生退意，亦在情理之中。只是諸位已經得涉機密，朕不能放爾等自行歸鄉，萬望諒解。」

李雲錫摸著脖子上紫黑的指印，整個人萎靡了不少，「那陛下要如何？像方才那樣亮劍殺我嗎？」

夏侯澹笑道：「不會。朕會找個遠離這片泥淖的地方安置你們，也不強迫諸位出謀劃策，行謀士之實。諸位只需安心讀書，待都城局勢穩定，無論是誰坐穩那個皇位，你們仍會是清清白白的可用之才。」

幾個學子面面相覷。

片刻後，回宮的馬車上。

夏侯澹問：「手還疼嗎？」

庾晚音隔了兩秒才搖頭，「北叔的傷藥很好。你呢？」

「我也還行。回去再用酒精沖一下吧。」夏侯澹沒發現她的情緒異常，還沉浸在自己的思緒裡，「妳覺得端王是怎麼回事？」

庾晚音道：「是紙片人。」

「這次篤定了？」

「嗯。我剛才冷靜下來，就想明白了。」庾晚音道：「他沒有更高視角，才會同時派人去了A、B兩地，而且明顯沒預估到北叔的戰鬥力。他選擇在我們面前殺人，原本就是為了威懾吧？若說連敗北都是算計好的，我是不信。今天這一齣鎩羽而歸，不僅長他人志氣，還讓我質疑他的實力，對他沒有任何好處……對你倒是挺有好處的。」

最後一句說得意有所指。

臨別之時，夏侯澹那一席話說完之後，幾個學子無一例外，全部選擇入朝為官。

原文裡就很激進的李雲錫和楊鐸捷帶頭，較為沉穩的汪昭和爾嵐隨後。最後是岑堇天：「草民時日無多，等不起了。」

就連庾晚音都沒有預想到，今日的談話會如此順利。

雖然損失了一個學子，但夏侯澹得到了所有人的忠心。

望著他們眼中昂揚的鬥志，庾晚音的激憤反而漸漸冷卻了下去。

太順利了。

順利到不可思議。

夏侯澹道：「確實，有了這幾個幫手，燕黍就可以引進了，經濟問題也有人出主意了，往後終於不是我們兩個對坐拍腦袋了……」

庾晚音坐在他對面掙扎幾秒，還是開了口：「澹總。」

「嗯？」

「端王作為紙片人，能掌握我們的行蹤，只可能是有人洩密。但今日我們的行程只有北叔和暗衛知道，而他們在原文裡都忠於你到最後一秒。學子們赴約前根本不知道你是誰，也不可能洩密。那麼……」

夏侯澹沉思道：「我也在想這件事。不過，原文裡的端王也沒這麼不擇手段吧？他作為男主角順風順水的時候，並不需要當惡人，結果我們來了，境遇改了，他不也變了嗎？」

庾晚音慢慢收回目光，「你說得對，看來要慢慢查了。」

會是夏侯澹自己引來端王的嗎？

甚至還有另一個問題：岸上那人真的是端王嗎？

有沒有可能，端王自始至終都被蒙在鼓裡，只去了A地，而B地湖中發生的一切，都是夏侯澹自導自演的呢？

犧牲一個紙片人，換來更大的利益……畢竟他在宮裡的時候，似乎也沒把紙片人的命看得多重。

可是，就算她庾晚音今日焚香沐浴原地升天當了聖母，紙片人也還是會死的，而且是成千上萬地死。死在旱災裡，死在戰火中，死在端王上位的道路上。

為了阻止那一切，現在死一個杜杉，或許……

庾晚音掌心一陣劇痛，才發現那隻手無意識地攥緊了拳。

她心中生出一股無由的惱怒。自己還沒找到正反證據呢，居然先為夏侯澹開脫起來。

說到底，她第一步就不該對夏侯澹懷有真善美的期許。社畜是不會要求同事真善美的，這種期許通常是誰對誰的，她不想知道。

北舟今天被端王看見了身手，為了混淆視聽，又重啟縮骨功，切換到女人模樣，成了貴妃殿裡的新嬤嬤。

夏侯澹對外獨寵謝妃的新人設不能崩，沒有陪他們回貴妃殿。庾晚音獨自重新處理了手上的傷，隨便扯了個理由應付驚慌的小眉。

小眉道：「小姐傷成這樣，幾日之後的花朝宴上還如何表演啊？」

庾晚音道：「表演？我為啥要表演？」

「當然是因為陛下點了謝妃獻舞，她最近出盡風頭，咱們不能被她比下去啊！」小眉焦慮道：「不然唱首歌？」

庾晚音興趣缺缺，只想趁機探問一點原主的技能點，試探道：「妳覺得我唱得如何？」

小眉面露難色：「……還有幾天時間呢，小姐努力學學？」

好的，沒有技能點。

張三已經穿過來一段時間了，還活在地獄模式裡。

每分每秒，他都在默默觀察古人的言行舉止，生怕說錯一個字就露餡。小太子每天都有課業，他得從毛筆字開始惡補，更別提那些不知所云的古文內容了。

幸好這小太子的原身似乎挺沉默寡言，以至於他每天扮啞巴也沒人覺得奇怪。至於課業，他寫得再爛，也沒有老師敢訓斥太子——這大概是新生活唯一的美好之處。

然而，他的靈魂只是個國中生，如今肉體更是幼小，行走在這個氣氛詭異的皇宮裡，時刻覺得難以自保。

穿來之前他只匆匆看過這篇文的文案一眼，隱約記得主角是個穿來的妃子，卻不記得那妃子叫什麼。

他試圖去尋找過這個世界的同類，偶爾遇到一個妃嬪，都要細細打量一番。但以太子的身分，並不方便接觸皇帝的後宮，那幾秒鐘的審視也實在發現不了什麼。

他冒險過一次，在群妃向太后請安的時候，覥著臉跟在太后身邊，在她們宮鬥中場休息時，當著所有人的面說道：「皇祖母，最近天太熱了，孫兒簡直想活在冰室裡不出來。」

這個暗示夠不夠明顯？同為穿越者的人能聽出端倪嗎？

結果所有妃嬪低眉順眼，繼續沉浸於宮鬥戲碼，甚至沒人多給他一個眼神。

只有太后板著臉訓了一句：「身為儲君，不該畏暑畏寒，貪圖享樂。」

張三：「……」

這樣下去真的不行，他必須想辦法留下一個顯眼的標記——只有同類能發現的那種。

第七章　試探

花朝宴的主題還挺有創意，每個妃子都選了一種鮮花簪在髮間，就連衣著配飾也與之呼應，這樣一朵一朵嬌花亭亭落座，宴席間衣香鬢影，賞心悅目。

或許是覺得這場景不適合未成年人觀看，又或許是一貫避免夏侯澹與兒子接觸，太后並沒有帶太子來。

海棠花姬謝永兒款款上陣，獻出一支獨舞〈寄明月〉。

她準備充分，事先跟樂師打了招呼，教他們學會伴奏，只是由於自己也沒記清，成品略有跑調。

夏侯澹這次居然忍住了沒笑場，也可能是確實沒聽過這首，全程十分鎮定，還有餘裕擺出癡迷的神情。

謝永兒轉著扇子跳完了，風情萬種一拜。

夏侯澹道：「好，好，坐到這裡來。」

謝永兒越過庾晚音坐到皇帝右側，還要拿眼瞧著庾晚音，嬌聲道：「庾貴妃，不知妹妹可有幸一睹姐姐的舞姿啊？」

庾晚音：「……」

原文裡她也說了這話，只不過當時身分倒換，是風頭正勁的庾晚音故意點了謝永兒跳舞，想看她出醜，結果謝永兒用一曲〈寄明月〉豔驚四座，挫敗了庾晚音的陰謀。

沒想到命運的軌跡改變了，謝永兒還是做出同樣的選擇。

得勢也要鬥，失勢也要鬥，妳怎麼就這麼沉迷宮鬥？

謝永兒那夜侍寢，醒來後竟然記憶全失，還聽宮人說自己當時驚恐過度，狀若瘋癲。

她知道自己不可能那麼脆弱，一定是那碗避子湯有問題。名為避子，說不定其實是別的毒藥。

自己發瘋的時候到底說了什麼？

看那暴君事後沒有生氣，反而對自己展開了土味攻勢，大概沒說什麼危險的話吧。

然而……庾晚音當時騙自己喝那碗藥，肯定沒安好心！

謝永兒想明白這個問題，再也不願心慈手軟。她雖然不喜歡夏侯澹，但人在宮中，身不由己，她不抓住帝王心，來日就只有被鬥倒的份。

庾晚音嘆了口氣，將手心的傷口藏了藏，「回陛下，回太后，臣妾不善舞藝，恐怕無法獻舞。」

太后冷哼一聲：「貴妃好大的派頭，是要哀家請妳不成？」

謝永兒的新跟班紛紛擠眉弄眼。

落毛鳳凰不如雞，庾晚音淒婉地行禮道：「臣妾、臣妾最近只學了一首小調，唱的不好……」

謝永兒愣了愣，如臨大敵，《東風夜放花千樹》原文裡沒提女主角會唱歌啊？

庾晚音深呼吸數次，回憶一下跟小眉現學的調子，擺了個姿勢開口了：「江南可採蓮，蓮葉何田田……」

直愣愣的大白嗓，雄壯如縴夫。

謝永兒：「……」

太后：「……」

庾晚音成心要噁心這幾人，硬是把整首曲子乾吼完了，才柔弱道：「臣妾受了風寒，氣息不繼，嚶，求陛下責罰！」

她看向夏侯澹。

夏侯澹愣愣望著她，面露「她好清純，好不造作，跟別的妖豔賤貨好不一樣」的驚豔之色。

庾晚音的視線跟他接觸半秒，就忙不迭地收了回去。她怕他和自己之間總有一個要先爆笑出聲。

夏侯澹咳了一聲，溫柔道：「既然貴妃身體不適，就不必陪坐了，先去休息吧。」

庾晚音落荒而逃。

夏侯澹在這種時候實在太好笑了，以至於她很難想像，這樣的人會去行那些陰險狡詐之事。

但她同時又知道，這樣的判斷完全是意氣用事。

庾晚音心中第一百零八次對自己念著「保持清醒」，並沒留意腳下走到了哪裡，忽聽不遠處傳來熟悉的聲音：「晚音。」

庾晚音瞬間清醒了。

該來的總是要來的。

夏侯泊將她帶到一間似曾相識的舊屋——正是他上次私會謝永兒的那間。看來這裡還是他在宮中的大本營。

庾晚音故作不知，「這裡是哪？」

夏侯泊溫聲道：「小時候，我尚未離宮，若是受了宮人毆打，便會跑到這裡躲起來，獨自熬到深夜再回去。」

開始了，反派獨白環節。

庾晚音如今確知他不是全知全能的神，而且還需要自己，底氣便足了許多，反而能好整以暇地陪他演戲了。她聞言面露觸動，良久才道：「上次見面時，殿下所言之事……」

夏侯泊道：「嗯，妳考慮清楚了嗎？」

庾晚音試了他一句：「我的考慮結果，殿下也能清楚看見嗎？」

夏侯泊裝神弄鬼道：「妳覺得呢？」

庾晚音低頭摸出一個香囊，「我……我那時驚慌之下，言語間對殿下有些冒犯，這是賠禮……我自己繡的。」

這是她這兩天趕工出來的，繡工奇爛無比，紅豔豔的底色上，烏漆墨黑地繡了一男一女。男人獨臂，但由於手藝太爛，看不出是失誤還是故意為之。他們共騎在一隻碩大無朋的鳥上，大概是雕。

雖然知道了端王不在最高層，她還需要更嚴謹些，確認一下他也不在中間層，只是最底層的紙片人。

但是，她又不想用問「how are you」這樣簡單粗暴的方式測試他。因為，端王自己還在故弄玄虛扮演著半神，以為把她瞞得很好。她問了「how are you」，他答不上來，便會明白自己已經被揭穿。

她需要更高明的測試題。

這個香囊就是她琢磨出來的題。任何一個穿越者看見它，都會脫口而出：「神雕俠侶？」

夏侯泊道：「燕燕於飛？確有幾分巧思。」

庾晚音：「……」

庾晚音立即笑道：「殿下喜歡就好。」

行了，你小子底褲都掉了。

雖然她仍舊猜不出一個紙片人怎麼能找出三個穿越者，雖然她面對這個手段明顯高於自己的危險生物，依舊心懷恐懼，但經過這幾日的見招拆招，她的膽氣一寸寸生長，終於邁出了關鍵的一步：她，要唬爛他了。

她賭端王並沒有「穿越者」這個概念。因為原文裡謝永兒從未向他表明過來歷，每次出主意時，都只是含糊道：「我算出來的。」

那麼謝永兒在他眼中，究竟是諸葛再世，還是妖魅精怪？

也許他自己也在琢磨這件事？也許自己那日脫口而出的「物種都不一樣」，為他帶去了更多想像空間？

還有一個問題。端王已經有了一個全心全意幫他的謝永兒，卻並不全然信任她，還要跑來招安自己。他再智多近妖，也不可能憑空算出自己比謝永兒高一層。所以他為什麼如此執著於自己？

庾晚音決定一探端王的內心世界。

她暗中吸了口氣，緩緩問出一個推敲多日的問題。

庾晚音問：「你是什麼時候開天眼的？」

夏侯泊：「……」

在這半秒之間，庾晚音彷彿能看見端王那漂亮的腦袋瓜裡，飛速轉動的齒輪擦出了火花。

夏侯泊鎮定道：「前不久。」

庾晚音道：「我料想也是。殿下當時忽然點出我能預見一些未來，我嚇了一跳，事後一想，才明白原來殿下也已得見大光明。只是殿下性情言行竟毫無變化，這一點與我等不同，所以才有些不敢認。」

夏侯泊腦內的齒輪又飛速轉了幾圈，「為免多生事端，不得不稍做偽裝，見笑了。」

「原來如此，那現在可以打開天窗說亮話了。不知殿下自己又預見了什麼？」

夏侯泊面不改色道：「晚音以為我今日是如何找到妳的？」

庾晚音狐疑道：「除此之外呢？」

「……」夏侯泊顯然害怕多說多錯，一時沒有接話。

庾晚音的思考很簡單：按照原作，端王應該一心瓦解太后黨，並不會將瘋皇帝放在眼裡。此時起疑，是因為他意外發現夏侯澹和庾謝二妃都與往日不同，而謝永兒那些未卜先知的建議，又讓他進一步懷疑三個人非同尋常。

她想繼續韜光養晦，就必須消除他的戒心。

但此時一味強調「我很普通」，或者「我這能力不足為慮」，只會顯得此地無銀三百兩。

不如虛虛實實唬弄一番，讓他自己得出「所謂天眼也沒什麼大不了」的結論。

庾晚音再接再厲，循循善誘：「殿下才剛開天眼，還不太適應吧？是不是夢裡有時能看見些奇異的景象，卻又不知是何意？」

夏侯泊順坡下驢：「是的，瞧著甚是模糊。」

庾晚音笑道：「解夢是門大學問，誰也說不清楚。據說境界最高者，六道眾生諸物無不能照，一閉眼便勘破迷障。但實際上每個人根骨殊異，能看見的東西也不盡相同。」

她裝作很在意的樣子，打探道：「殿下既是皇子，能看見更長遠之事嗎？」

夏侯泊懂了，自己看見的，她看不見，所以可以隨便說。

夏侯泊道：「說來怕妳傷心。」

庾晚音：！

庾晚音緊張道：「但講無妨。」

夏侯泊緩緩負手，「我看見了戰火燎原，死傷無數，國祚斷絕。晚音，我還看見夏侯澹匆匆逃出皇宮，身邊沒有妳。」

乖乖，果然眼界不同，連扯謊的氣勢都不同，一張口就是大場面。

庾晚音用上了畢生演技，醞釀出一臉驚疑不定。

夏侯泊還挺入戲，「妳沒看見嗎？」

「我……」庾晚音欲言又止，「我只能看見一些最近的小事。」

「比如？」

庾晚音想了想，說：「有一次，我在夢裡看見過謝永兒一針一線地繡一個香囊——似乎就是殿下腰上這個。」

謝永兒這香囊是躲起來繡的，連貼身侍女都不知情。庾晚音會知道，純粹是因為原文就是這麼寫的。

庾晚音帶著醋味加了一句：「殿下先前似乎說過，謝永兒也開了天眼？可她怎會認識你，又怎會繡香囊向你示好？」

夏侯泊頓了頓。謝永兒在送香囊時說過：「永兒略通占卜，曾算出殿下才是天命之人，真龍天子。」

夏侯泊心中對庾晚音的說法又信了幾分，面上卻溫柔道：「應當是看錯了吧。」

庾晚音道：「不可能，那香囊的繡線我看得分明！」

「哦？妳夢中的畫面都很清楚嗎？」夏侯泊繼續評估。

「嗯……」庾晚音的大腦也開始超速運轉，「清楚的，還有一次，我清楚地看見殿下遭人下手暗算。」

夏侯泊：？

庾晚音道：「那時我剛入宮，殿下應該還在戍邊，我看到一個魁梧的人從背後偷襲，幸好殿下反應快，回身擋了一下……之後我就驚醒了，一直擔心得不行，幸而後來殿下平安歸來了。」

夏侯泊想起她說的是哪一幕了。

她看見的人是洛將軍，與自己混得很熟，時常互相試試身手。那所謂的「偷襲」也只是一次玩笑。

所以，她確實開了天眼，但其實只能看見零碎的畫面，至於畫面是何意，則未必能準確猜測。

夏侯泊心中分析著，不動聲色道：「晚音，陛下可曾告訴過妳，他看見了什麼嗎？」

這個問題庾晚音已經準備好答案，「他有一次驚醒，說他看見我當了他的皇后，並立世間，國運昌盛。」

夏侯泊不以為然，「晚音是聰明人，即使不用天眼，想必也能看出大夏如今內憂外患，不似中興之兆。陛下既然是驚醒的，當時神色如何？」

庾晚音憂鬱地低頭。

夏侯泊用一種「你司快倒閉了，跳槽到我司吧」的口吻說：「妳在宮中幾度沉浮，仍視陛下為良主明君嗎？」

「……晚音不過是個僥倖窺見一線天機的可憐之人，那麼遠的未來對我而言，如同一團迷霧。殿下想從我這裡得到什麼呢？」

夏侯泊瞇了瞇眼，望著她低垂下去的蒼白臉蛋。

她今天為了花朝宴扮作牡丹花仙，一身金紅貴氣逼人，神情卻像霜打的茄子，一副唯唯諾諾沒有主意的樣子。

跟那天湖心的女子判若兩人。

那一日他站在岸上，遠遠聽見她那聲撕心裂肺的「幹他」，至今仍疑心自己聽錯了字眼。但那份無畏的氣勢還是破空而來，她彷彿由內而外打破了一層枷鎖，整個人都在發光。

讓人無端地……想要掠奪那光。

片刻之後，庾晚音鐵青著臉回到貴妃殿。

夏侯泊剛才說：「前幾日，我在夢中見到陛下與妳在湖中泛舟，與幾個布衣相談。我有些擔心妳出宮後的安危，便派人跟去看了看，沒想到陛下身邊多出一個高手，二話不說，殺了我手下許多暗衛。」

庾晚音：「……」

她竟從未見過如此厚顏無恥之人。

夏侯泊甚至還理所當然地問她：「你們見的是什麼人？那高手是誰，晚音見過嗎？」

庾晚音還想多苟一陣子，不能直接撕破臉，只得忍氣吞聲道：「只是我想學小曲兒，陛下隨手點了幾個平頭百姓來教我罷了。至於那高手，我在宮裡從未見過他。」

夏侯泊道：「是嗎？那妳能不能用天眼算一算他在何處？」

庾晚音忙道：「殿下難道不知夢中的畫面光怪陸離，都是天意所賜，不是我等能指定的？」

夏侯泊被堵住了。

他沉默一下，緩緩伸手，憐惜地摸了摸她的臉，「為我試試，好嗎？或許不久之後妳會想明白，誰才是妳的良人。」

庾晚音拿出全部的自制力，才沒讓自己後退。

他的話翻譯過來就是：我的耐心是有限的。

庾晚音一回貴妃殿，便喚來信得過的暗衛，吩咐道：「去謝妃的必經之路上多放些辟邪鎮妖的玩意。」

暗衛詫異道：「娘娘，難道謝妃是妖？」

庾晚音高深莫測道：「她自己知道。」

暗衛又問：「鎮邪法器可有講究？」

庾晚音道：「沒什麼講究，長得越瘮人越好。再放點那種道士高人斬妖除魔的話本，妖魔的結局越慘越好。」

端王心思縝密，誰都不信，連謝永兒都不完全信任，否則也不會來找自己當備胎。

自己那番唬爛，他肯定不至於照單全收，轉頭就會找謝永兒比對。

自己要事先嚇一嚇謝永兒，把人嚇到草木皆兵，這樣到時候端王套話，謝永兒才不至於大喇喇全交代了。

至於她會扯什麼謊、能否與自己的說辭完全對上，這個就不強求了。反正端王也不信任她，虛虛實實，誰真誰假，就讓他自己想吧。

他要是對謝永兒的預言澈底失去信任，那反倒是天大的好消息。

這一整天，謝永兒每到一處，都有詭狀異形的可怕東西入目。那些憑空出現的話本更是不斷恐嚇著她：妳這妖物被盯上了，要被貼上符紙燒死了。

是誰？究竟是誰想害她？

是皇帝懷疑她的歌舞來路不明嗎？不，以皇帝的脾氣，疑心一起，直接就把她埋了，不會如此費心暗示。

是哪個嫉妒她的妃嬪嗎？不，妃嬪也只會偷偷去找皇帝告密，何必引她警覺？

直到晚間端王來找她密會，正在濃情蜜意指月談詩，冷不防問了一句：「永兒曾經說過，自己時常未卜先知？」

謝永兒僵住了。

是的，這話她只告訴過他。

難道古人終究還是接受不了這種說法，直接將她打為妖孽了嗎？之前那些鎮邪之物，是用來試著鎮她的？

謝永兒道：「……也……也不是時常……而且也未必都準……」

夏侯泊道：「占卜之時，是什麼感覺？有天音傳入耳中嗎？」

謝永兒哪還敢說真話，含糊道：「沒有那麼玄乎，只是模糊的感覺罷了。」

「感覺？」

「嗯……」

夏侯泊瞥了她一眼，目光在她攥緊發白的指節上停留了一下，伸手握住她的手，溫聲道：「別害怕，我會為妳保密的。」

那你又何必試我？謝永兒恐慌之餘，生出幾分委屈。自己全心全意為他打算，到頭來卻換不來一句坦言。這個人的心思，實在太深了。

夏侯泊道：「永兒能不能算一算，陛下在計畫著什麼？」

皇帝？謝永兒愣了愣，「似乎沒什麼特別的。」

原文裡的皇帝什麼都沒幹，就是吃喝玩樂等著被推翻罷了。

難道說他最近做了什麼事，但自己看完原文忘了？

謝永兒怕端王覺得自己偷懶，補充道：「有些東西是算不出來的，能算到什麼要看天意……其實，準不準也要看天意。」

庾晚音哄走了端王，低調了幾日。

藏書閣還在修繕中，她無書可看，只能躲著練練字。夏侯澹有時會陪她一起練，但也不是每天。

為了方便監視謝永兒，他現在的戲份是「在白玫瑰庾貴妃和紅玫瑰謝永兒之間來回搖擺」，今天賜點首飾給妳，明天推她蕩個鞦韆。宮人都知道，暴君的春天來了，連脾氣都好了些許。

然而事實上，在私下共處時，庾晚音很久沒找回當初吃小火鍋的那種鬧哄哄的溫馨了。

端王找她打聽北舟，擺明了要逼她當間諜。

她越是拒絕，端王就會越忌憚夏侯澹。等他意識到庾晚音不可能為己所用時，就會痛下殺手，如同對胥堯那樣。

所以現在……她要當雙面間諜了？

她區區一個社畜，哪來的本事幹這個？而且，兩個夏侯，一邊是鐵惡人，另一邊她現在也摸不準了。

那天湖裡的刺客確實是端王派的，但他又不是真的開了天眼，到底是如何找去湖邊的？會是夏侯澹有意引他過去的嗎？

庾晚音倍感孤獨和心累。

夏侯澹明顯感覺到她的迴避，卻沒說過什麼。

這日他帶庾晚音進了御書房，將看守的侍衛換成了暗衛，這才低聲道：「那五個學子都順利入朝了，在各部混了幾個小官職。今天叫來兩人，開個小會。」

李雲錫等人或通吏治，或善財政，但個個出身低微，既找不到門蔭的路子，也通不過形同虛設的科舉。所以只能由夏侯澹出手，替他們改了姓名，假托一個身分，再送他們一筆錢，讓他們拿去納粟買官。

放在以前，學子們聽說要用這種方式當官，一定會嗤之以鼻，啐一口再走，但經歷了那場湖中事件，他們顯然成長了。

來的人是李雲錫和岑堇天。換了朝服，戴了官帽，瞧起來與當日布衣飄飄的樣子判若兩人，已經有社畜那味了。

夏侯澹迅速免了他們的禮，「愛卿請坐。」

庾晚音對小組會議很熟悉，自行在下首找了個位子坐，還擺好了筆墨，準備做筆記。

卻沒想到李雲錫抬起頭瞥見了她，難以置信地瞪大眼道：「貴妃娘娘也在？」

夏侯澹問：「怎麼？」

李雲錫的死腦筋又上來了，積極找死道：「微臣懇請娘娘迴避。」

夏侯澹：？

岑堇天看不下去了，扯了扯他的袖子。

李雲錫理也不理，「當日舟內娘娘旁聽，已屬僭越，今日竟入了御書房，後宮參政，成何體統！」

夏侯澹順手就將茶盞摔碎在他腳邊，「滾出去。」

李雲錫好像很期待這個彰顯傲骨的機會似的，眼含熱淚跪地磕頭道：「陛下，臣願死諫！」

夏侯澹：「……」

他堂堂戲霸今天居然遇上對手了。

庾晚音哭笑不得。

她看過原文，知道李雲錫就是這麼個狗脾氣，堅信天下就數自己最正義，理想是一頭撞死在大殿上芳名永存。

於是她慢條斯理地翻出手心，撫摸一下還未完全脫落的結痂，「剛才忘了問了，李大人那日落水之後，傷勢如何？而今已大好了嗎？」

李雲錫：「……」

庾晚音伸手替他倒茶，「李大人消消火氣，再諫不遲——哎呀，」她手一抖，將半壺茶水潑到桌上，一聲長嘆，「這隻手算是廢囉。」

李雲錫：「……」

庾晚音潑潑灑灑倒了半杯茶，起身親自遞到他面前，「李大人先喝著，那本宮就先迴避了。」

李雲錫：「……」

「晚音！」夏侯澹痛心疾首道：「妳為國為民，鞠躬盡瘁，朕全看在眼中，何必理會這忘恩負義的小人？」

庾晚音淒然一笑，「臣妾是女子，這家國之內，怕是沒有容身之處；大恩大義，也與臣妾無關吧。」

夏侯澹道：「妳坐，坐到朕身邊來，連這點道理都捋不明白的傢伙，想撞就讓他撞死吧。」

李雲錫整張臉脹成了豬肝色，半晌憋不出一個字。

庾晚音想著此人還有用，可別腦出血氣死了，正想說句好話把人哄起來。

「砰」的一聲，他結結實實磕了個響頭，「娘娘高義，微臣願以死謝罪！」

庾晚音：？

合著你就是想死唄？

最後大家還是端著茶坐下來開會。

庾晚音先提了最重要的問題：「岑大人，聽聞你……嗯，很擅長種田？」

按照原文描述，這個病懨懨的書生志趣不常，大概是因為早就知道自己活不久，並不把時間浪費在吟詩作賦上，也不喜歡慷慨論政。

他從少年開始周遊各地，不遊山不玩水，每到一處就扛著鋤頭下地務農——但庾晚音很懷疑他這單薄的身板，究竟要怎麼種田。

岑堇天忙道：「微臣不善耕作。這些年遍訪田間，是為了這個。」

他將一本厚厚的冊子呈給夏侯澹。

夏侯澹翻了翻，面現驚嘆：「愛卿這冊子記了多久？」

岑堇天道：「約莫十年。」

「戶部都沒做到的事，岑愛卿做到了，朕真是汗顏哪。」

庾晚音大致知道岑堇天的研究方法，簡單來說，就是在大夏各地留一小塊試驗田，種下各種主流作物，然後控制變數，依次研究土壤、氣候、種植時間、灌溉方式等因素對收成的影響。

十年之後的今天，他對各地應該種什麼、怎麼種，已經有了一套理論。

庾晚音看書的時候，根本沒把岑堇天這號人物放在心上，直到他抱憾而死的那部分才留下一點印象。

現在她捧著他的冊子，像捧著救命稻草，手都在抖，「岑大人，這其中的作物可包含燕黍？」

「燕黍？應該只有零星記錄。此物在大夏不太常見，多是當作餵牲畜的雜草……」

庾晚音急了：「那其他抗旱的作物呢？」

岑堇天的臉色微微一變，「娘娘為何問起這個？」

庾晚音看向夏侯澹。

夏侯澹一手撐著腦袋，揉了揉太陽穴，「欽天監算出來的，天象不祥，近兩年有大旱之兆。」

兩個臣子瞬間白了臉。

夏侯澹淡淡瞥了兩人一眼，「此事乃絕密。」

古來天降災禍，都是為了懲罰君主無道，通常伴隨著政局動盪甚至江山易主。此時君主本人卻親口將這災禍說了出來，彷彿在預言自己的死期似的。

庾晚音還要幫他補個設定，「陛下，欽天監算得準嗎？」

夏侯澹道：「許多年未出錯了。」

連李雲錫都不敢再諫什麼了，「臣絕不洩露一字。」

夏侯澹嗤笑一聲：「怕什麼，這不是還沒來嗎？現在開始準備對策，到時候就餓不死人。岑愛卿？」

岑堇天定定望了夏侯澹一眼，彷彿受到什麼激勵，微笑道：「臣回去就整理。燕黍雖然口感不佳，但一年兩到三熟，若廣為播種，旱時確實可以救命。」

庾晚音聽他語氣平靜，並不像是全無頭緒，心下稍安。

李雲錫卻又道：「大夏沒有燕黍，想從現在開始播種，得先採集種子。」

庾晚音道：「那就只能去燕國拿了？」

李雲錫眉頭一跳，「陛下，此時不宜起戰事！」

燕國不斷來犯，漸漸積弱的大夏應付起來其實很吃力。中軍好不容易退敵了一次，大家都指望著邊境能安生兩三年。

更何況，現在兵權幾乎全捏在端王手上，夏侯澹想調也調不動啊。

夏侯澹揮揮手道：「不需要打仗。」他知道庾晚音說「拿」的時候，腦子裡想的肯定是外交。

八成又要演一場大戲了。

但這事不需要跟這兩人商量，夏侯澹當下搪塞道：「種子的事先放一放。李愛卿，就假設我們已拿到了足夠多的種子，下一步呢？」

「下一步？」

「不能讓任何人知道旱災將至，到那時候，要用什麼理由說服百姓種燕黍？」

李雲錫說出了當初庾晚音說過的話：「或許可由朝廷購入……」

「國庫已空，朝廷沒錢了。」夏侯澹再度面無表情地甩出一個爆炸性新聞。

李雲錫：「……」

岑堇天默默回頭看了御書房緊閉的大門一眼。

他們今天說完事，還能活著走出去嗎？

這王朝還能撐幾年，夠他種田嗎？

李雲錫凝眉苦思起來，半晌沒說話。

庾晚音費了好大力氣尋來這幾個專家，眼見著專家都沒轍，不禁心涼，「李大人……」

李雲錫抬起頭，「開中法如何？」

夏侯澹：「……」

夏侯澹問：「開什麼？」

李雲錫最終花了兩個時辰，解釋細節和回答問題。

等他與岑堇天告退之後，夏侯澹整個人從座位上滑了下去，「我的頭……」

庾晚音神情有些沉寂，頓了幾秒才道：「很疼？」

夏侯澹半掛在座椅上，略帶期待地看了她一眼，「有點。」

庾晚音又頓了幾秒，默默坐到他身邊，伸手抵住他的太陽穴輕輕按揉。

夏侯澹閉上眼，臉色緩和了些許，嘴角微翹，「多謝愛妃。」

「都是臣妾分內的事。」

夏侯澹「噗哧」一笑。

庾晚音邊揉邊說：「我覺得這幾個臣子還挺可靠的，就按他們說的一步步去做，說不定真的能阻止旱災。」

「和端王。」

「和端王。」庾晚音附和。

夏侯澹睏倦地歪著頭閉著眼，低聲道：「我最近在想，既然已經有了胥堯那本書，眼下又有了幫手，咱們能不能逐一挫敗端王的行動？」

「不行，最多只能挫敗一次。」庾晚音將那段「開天眼」的笑話大致講了一遍，「端王已經盯著我了，但還不清楚我的能力高低，也不清楚我能不能為他所用。只要失敗一次，他就會澈底把我拉進黑名單。那之後，他所有的計畫都會再度改變，增加一堆障眼法，就為了防我。」

夏侯澹道：「所以，只能任由他幹他的。」

「問題不大，他目前的大部分計畫都是針對太后的。就先讓他們鬥著，我們藏起來猥瑣發育[6]。那一次挫敗的機會，得用在刀刃上。」

夏侯澹沒出聲。

庾晚音盯著桌上的筆記出神，隔了片刻才覺得過於安靜，低頭看去。

夏侯澹掀起眼簾，墨黑的眼瞳正靜靜對著她。

6 遊戲用語。己方裝備不如敵方時會產生一個共識，就是偏向防禦，去獵取野怪，從而獲得金幣購買裝備。現有不衝動硬拚、慢慢積蓄力量的意思。

庾晚音僵了一下，問：「怎麼了？」

「今天進展很大，妳卻好像不太高興？」

庾晚音強笑道：「沒有啊，要恭喜你，終於得到了左膀右臂，以後不是孤軍奮戰了。」

夏侯澹笑了笑，慢慢直起身，「晚音，妳覺得我們湖中會面的消息，是誰洩露給端王的？」

庾晚音心頭一跳，「我也一直沒想明白。」

「妳覺得是我，對嗎？」

庾晚音：「……」

夏侯澹了然道：「妳覺得我為了跟端王比誰心黑，不惜犧牲一個股肱之臣，乃至他原本可以造福的一方百姓。哦，對了，妳會不會覺得藏書閣的火也是我放的？畢竟從結果來看，胥堯被逼到絕境，果然交出了那本書。」

庾晚音震驚道：「這個絕對沒有。」

夏侯澹此刻的神情令她十分陌生。他的眼睛似乎變得特別黑，黑到失去一切反光，原本就濃墨重彩的眉眼，豔麗得像一張獰惡的畫皮。

「妳的心思都寫在臉上了，晚音。」

庾晚音背後的汗毛豎了起來。這個應激反應通常是端王專屬。

她想打個哈哈，問他「怎麼對著我也演起來了」，唇齒卻彷彿突然遭了冰封。

夏侯澹看了她許久，才輕聲道：「那妳有沒有想過，也許妳的這份懷疑，也是端王的目的呢？他不知道我們在湖中見的是什麼人，他想殺了他們，威懾我們。但當聽見妳悲憤的怒吼時，他突然意識到，那是挑撥我們的絕妙機會。」

庾晚音道：「什麼……」

「他故意撤走，使結果對我有利。因為他判斷，比起幾個草民，妳的效忠對他來說更為重要。當你發現我從杜杉之死獲益良多，妳還會心無芥蒂地與我合作嗎？」

庾晚音無言以對。

夏侯澹攤了攤手：「人可以證明自己做過一件事，卻證明不了自己沒做過一件事。我說我沒有洩露地點，妳信嗎？」

庾晚音知道自己現在應該怎麼做。

她應該擺出一副恍然大悟、痛改前非的表情，在夏侯澹面前大罵端王險惡，然後與他冰釋前嫌。

這一套她在端王面前演了幾次，已經很熟練了。

但她不想。

即使是對著這個明顯不正常的夏侯澹，她也不想。

或許是因為兩邊演戲的精神壓力終於累積到了臨界點，她幾乎無法控制衝出自己唇齒的語句：「不是因為杜杉——不僅僅是因為杜杉。」

夏侯澹道：「嗯？」

庾晚音道：「那天在船上，我們與學子談了整整兩個時辰。今天在御書房，又是兩個時辰，而且主題是稅賦。你說了很多話，顯示出了豐富的學識，但你的經濟學知識少得幾乎跟我一樣可憐。」

夏侯澹：「……」

「你是哪家公司的總裁？那家公司做什麼產品？什麼時候上市的？你穿來之前，股票市值如何？」

夏侯澹：「……」

不能再問下去了，庾晚音心想。他會殺了你的。

但她分明聽見自己的聲音問出了口：「你到底是誰？」

在漫長的五秒鐘裡，有一個念頭在夏侯澹心頭盤旋而過：乾脆全告訴她吧。

但他不能。

即使庾晚音別無選擇，只能與他合作，他也不能。

全盤相告，就意味著她那小小的、脆弱的信任與親近，從此將蕩然無存。

在讓她懷疑和讓她死心之間，他選擇懷疑。

頭疼已經劇烈到不可忍受的地步。夏侯澹眼前泛起黑霧，他硬扯出一個頗為無賴的笑：「我不記得了。」

庾晚音轉身就走。

夏侯澹只記得聽見她開門離去的聲音，以及門外暗衛的詢問聲。再之後，就只剩下黑暗了。

第八章　他的眞實身分

「太子。」

張三聽見聲音，連忙回頭，規規矩矩道：「皇祖母。」

遠處被他指揮著幹活的宮人紛紛停下動作見禮。

威嚴的女人朝他身後望了望，「這是在做什麼？」

「回皇祖母的話，前些日子是花朝節，孫兒看見御花園裡的布置，便生出一個念頭，想為皇祖母也栽種些花苗。」

張三天天偷聽古人說話，現在發揮多少自然了些，「待到皇祖母壽辰時，這些花也該開了，正好為皇祖母獻壽。」

太后的表情緩和些許，「哀家看這花苗的排列分布，似有些講究。」

張三抿嘴笑道：「皇祖母明察，這是一幅雙龍戲珠圖，寓意吉祥。」

他許久都沒聽到回答。

張三有些惶恐地抬頭望去。

太后神色冰冷，「這大夏的江山，只需要一條真龍。」

張三：「……」

這話讓我怎麼回？

太后望著他不知所措的樣子，良久露出一個近似憐憫的眼神，「你母后早逝，皇帝已經另結新歡，很快就會冊封新的皇后，再之後就會有新的太子。這偌大的宮中，只有哀家疼你。」

張三心裡只有一個念頭：他今天必須在這裡把這太后哄高興了。因為那些花苗是他與同類相認的唯一希望。

他福至心靈般投誠道：「皇祖母誤會了，孫兒種的那兩條龍呀，一條是皇祖母，一條是孫兒。」

太后：「……」

張三緊張地等待著。

太后笑了，「這才是哀家的乖孫。你放心，宮中不會有新皇子誕生的。」

按照夏侯澹最近兩邊徘徊的規律，今夜應該輪到謝永兒侍寢。

謝永兒花枝招展地來到寢殿，卻被攔在大門外。

侍衛道：「陛下已經睡下了。」

這才幾點？

謝永兒心下疑惑，猜測是庾晚音在搞事，咬了咬牙，從袖中翻出一塊碎銀遞過去，「這位大哥……」

侍衛的長劍「噌」地出鞘三寸。

謝永兒大吃一驚，連忙後退。

「哎呀，謝妃娘娘。」大太監安賢推門而出，笑咪咪道：「今兒不巧，陛下頭疼心煩，吩咐了誰也不見，娘娘請回吧。」

「安公公，說到這個，永兒倒是學過些推拿手勢呢。」謝永兒諂媚一笑，又去翻袖子，卻見安賢眼望著自己，皺著眉搖了搖頭。

她不由得定住了。

寢殿內。

北舟終於忍不住了，抹了些藥油到掌心，搓熱雙手，伸向床上雙目緊閉之人。

還沒觸到他的太陽穴，就被一隻冰冷的手鉗住腕間。

緊閉的雙眸倏然睜開，濃黑眼瞳裡翻湧著戾氣，在看清來人之後才痛苦地壓了回去，「別碰我，北叔。」

北舟心疼道：「你痛成這樣，讓叔揉揉，會好些的。」

夏侯澹只是緊緊抓著他的手腕。

北舟道：「唉，怎麼突然發病……」他入宮之後已經查過了所有角落，驗過夏侯澹的所有膳食，始終沒發現什麼毒藥。

夏侯澹勾了勾失去血色的嘴唇，「或許是腦中有瘤子吧。」

「瞎說，叔不是診過脈了嗎？沒有的。」

夏侯澹嘀咕道：「CT才行。」

「什麼？」

「沒什麼。叔，我想喝甜粥。」

北舟立即起身，「叔去幫你做。」

待他走遠之後，一道身影悄然靠近，跪伏在床榻邊。

夏侯澹眼望著床幔發了半晌呆，嘆了口氣，「去請白先生。」

謝永兒走出老遠，都不敢相信自己被趕了出來。

皇帝明明正癡迷於她，任她在後宮中呼風喚雨，剛清理了一撥眼中釘，怎麼一夜間情勢就變了？就連那百般逢迎的安賢，居然也敢對自己使臉色！

按照宮鬥劇情標配，此時天上開始下雨。

謝永兒沒帶傘，獨自走在淒風苦雨中，腦內播放起二胡配樂。

此時她必須弄清楚，皇帝寢宮那扇緊閉的大門後，是不是藏著一個千嬌百媚的庾晚音。

謝永兒繞到了貴妃殿外。

萬萬沒想到，庾晚音不僅在貴妃殿，而且就孤身坐在迴廊上，提著一盞宮燈仰頭看雨，濕淋淋的髮絲貼在頰上，明豔的臉蛋頓顯蒼白。

謝永兒：「……」

這種場景裡，妳比我還淒慘是怎麼回事？

謝永兒腳步一頓，正想戰術性撤退，庾晚音卻已經看了過來，驚訝道：「是永兒妹妹嗎？」

她將謝永兒喚到廊下躲雨，「妹妹今晚不是該去侍寢嗎，怎會在此？」

謝永兒低下頭，「陛下身體不適，已經歇下了。」

夏侯澹病了？庾晚音一愣。

下午在御書房裡，他的確說過頭疼。她走之後，更嚴重了嗎？

又或許……只是裝病吧。

自己對他的身分起疑了，所以他透過示弱來逃避問題。

庾晚音離開御書房就後悔了。拆穿他對自己有什麼好處呢？一直以來她努力忽略他身上的違和感，又何嘗不是在逃避呢——逃避這一刻舉目無親的惶惑與無措。

謝永兒觀察著庾晚音的神情。她沒想到庾貴妃是真的不知情。

這麼說來，皇帝確實病了？

謝永兒心念一轉，突然面露關切，「貴妃姐姐，妳去看看陛下吧。他方才很是難受，似乎說了一句想要找妳。」

方才那被侍衛驅逐的待遇，她可不願獨享。

庾晚音的反應有些出乎她的意料，臉上既無得色也無期待，反倒皺起了眉，像在經歷一番內心掙扎。

謝永兒唯恐她打退堂鼓，正待再慫恿兩句，庾晚音卻已經上鉤了，「既然如此，我去看看。」

謝永兒帶著快意目送她轉身離去。

庾晚音撐起紙傘走入雨中，忽然回過頭，「妹妹先在此稍歇，我讓小眉帶妳去換身乾淨衣服，等雨停了再將妳送回去。謝謝妳特地來告訴我此事。」

謝永兒笑得更明媚了些，緩緩道：「姐姐告誡我別喝避子湯，那份恩情，永兒一直記在心裡。」

庾晚音：「……」

不會是真心的吧？

如今看來，跟那兩個夏侯相比，謝永兒的段位低得甚至有點可愛了。

庾晚音生出一絲愧疚，黯然道：「想不到，還能盼來與妹妹交心的一日。」

謝永兒：「……」

不會是真心的吧？

難道她上次真的只是善意提醒？

從她一個古人的角度，確實預料不到有誰會存心拒絕龍種。所以自己那次中毒，純粹是自作自受？

可是……如果原文裡的心機女主角澈底不當惡人了，自己這些未雨綢繆的爭鬥，豈不就變成了單方面的迫害？

庾晚音已經朝皇帝寢殿走去。謝永兒迷茫地對著雨幕張了張嘴，但終究沒有發出聲音。

雷聲滾滾，一道閃電劃破天際，在侍衛的劍上映出慘白的光。

侍衛道：「娘娘請回吧，陛下誰也不見。」

庾晚音原本還在躊躇著不願面對夏侯澹，一見這陣勢，心中一慌，「陛下怎麼了？」

侍衛三緘其口。

庾晚音的宮燈早已被澆熄，那把紙傘擋不住四面八方潑來的大雨，整個人成了落湯雞，縮著身子瑟瑟發抖，「能否煩請大哥通報一聲，告訴北……北嬤嬤……」

「庾貴妃？」

庾晚音回頭。嬤嬤打扮的北舟正要進殿，手中端著一碗甜粥。

她連忙拉住他，小聲道：「北叔，讓我進去看看他吧。」

北舟暗含審視地看了她一眼，記起她那日在舟上那句氣壯山河的「幹他」，面色略微緩和，「跟著我。」

夏侯澹整個人縮進被窩裡，團成一個球。北舟喊了兩聲，掀開被子將他的腦袋露出來，「晚音來了。」

庾晚音被嚇到了。

夏侯澹長髮凌亂，面白如紙。他吃力地掃了庾晚音一眼，啞聲說：「謝謝叔，粥先放著吧。」

北舟識趣地走了。

庾晚音坐在床沿，小心翼翼道：「我餵你？」

夏侯澹做了個類似點頭的動作，緊接著就咬牙定住了，額上青筋突起，彷彿這點幅度的移動都帶來了劇痛。

庾晚音手足無措地扶住他，又不敢用力。過了一陣子，夏侯澹自己下定決心支起了身。庾晚音連忙拉過兩個軟枕墊在他身後。

她伸手想去端那碗粥，被夏侯澹攔住了。

夏侯澹做了個悠長的深呼吸，語氣低柔：「我們談談。」

「不急這一時，先好好休息……」

「妳猜得沒錯。」他打斷道：「我確實不是什麼總裁。」

夏侯澹道：「穿來之前，我是個不入流的演員，跑了很多年龍套都沒混出頭。」

庾晚音錯愕地看著他。

這倒是可以解釋他扮演暴君時的以假亂真。

「但只是這樣的話，你何必特地騙我？」

「不是故意騙你。當時妳自己猜我是總裁，我就順勢認下來了。」

「為什麼？」

夏侯澹笑了笑，雙唇毫無血色，「我這個人，運氣一向不佳，所以一穿進來，第一個反應就是要死在這個鬼地方了。然後妳出現了，像天降救星一樣，手握劇本，志在必得，一來就熱火朝天地計畫著絕地翻盤……看著妳的時候，我才覺得我還有希望。」

他閉了閉眼，喉結困難地滾動了一下：「我害怕失去妳。一旦發現我是這樣無能的失敗者，妳就會離我而去吧。妳一走，我就完了。」

庾晚音不知所措地沉默了一下，「……跟我想像中不太一樣。」

「嗯？」

「我還以為，你會背負著什麼深沉的祕密。」

夏侯澹沒有讓自己停頓半秒，輕柔地笑了，「看來這破演技終究還是有點用。」他嘆了口氣，坦然地看著她，「但妳現在知道了，我沒什麼勝算。端王就算是紙片人，手腕也勝過我百倍。所以那句承諾依然有效：如果妳選擇離開，我完全理解，不會阻攔。」

他歪在枕上，眼神像一隻無害的大狗。

這是在以退為進吧，庾晚音想，是為了讓我感受良心的譴責吧，但不知為何，她心裡一點也不抵觸，甚至連呼吸都輕鬆起來。

「就算你不裝可憐，我也不會走的。」她拍了拍夏侯澹的手，「快點好起來，我們下一步計畫還需要你的演技呢。」

夏侯澹默默看著她。

她坐在那裡，眼珠子緩慢打轉，像一隻醞釀著狩獵的小動物。

庾晚音想得出神，突然鼻頭一癢，打了個噴嚏。

夏侯澹摸了下她的袖口，「全淋濕了？」

「不打緊……」

夏侯澹抓起手邊的搖鈴喚來宮人，「帶貴妃去洗澡。」

庾晚音泡了個熱水澡，心中陰霾盡散，只覺得好長時間沒有如此愜意平靜了。

她烤乾頭髮，想去跟夏侯澹打聲招呼就走，夏侯澹卻自然而然道：「下著雨呢，別折騰了，睡吧。」

庾晚音猶豫了一下，欣然躺到他身邊。被窩裡暖洋洋的，窗外的雷雨聲令人昏昏欲睡。

「還疼得厲害嗎？幫你揉揉？」

「嗯。」

夏侯澹閉目躺著，感覺到她貼近過來。小動物毫無防備，只想互相取暖。

夏侯澹稱病輟了兩天朝，第三天面色如常地坐到龍椅上，懶洋洋道：「太后想建陵寢好多年了，如今她生辰將近，朕想聊表孝心。戶部，稅收夠嗎？」

戶部尚書愣了，「臣立刻去核驗。」

夏侯澹先前當庭殺了個戶部尚書，現在任上這位是那傢伙的弟弟。堂堂尚書換了個人，沒有引起任何波瀾，連手下政務都一切照舊，彷彿無事發生。

這就是大夏的朝堂。

十幾年來，朝中兩黨相爭，權力傾軋，拱起了無數不做實事的冗官。官來得快，去得更快，早上擬旨，下午上任，晚上興許就入棺了。

在這種環境裡，所有人腦子裡都是苟且偷生，或者趁著在任多撈些油水。無數政策令而不行，幹實事的早就被搞死了。

戶部尚書焦慮了。

別的聖旨，他或許還能陽奉陰違唬弄過去，但太后陵寢卻是萬萬不能唬弄的。他是太后提上來的人，新官上任，這正是立功的大好機會。

但有一個現實的問題：國庫是真的沒錢了。

陵寢這麼大的工程，讓他從哪裡變錢？

戶部尚書想到了唯一解：繼續搜刮民脂民膏。

翌日早朝，夏侯澹又懶洋洋道：「戶部提出今年繼續增稅，眾愛卿怎麼看啊？」

眾臣哪敢說什麼。皇帝腦子一抽要彰顯仁孝，哪怕每個人都知道百姓已經被榨得連渣都不剩了，再增稅怕是要造反了，也沒人敢站出來反對。

夏侯澹揮揮手，「那就這麼辦吧。」

增稅的消息不知為何不脛而走，幾日內就傳遍了都城。百姓怨聲載道，但橫豎傳不進皇帝耳中。

這天夏侯澹出宮去探望一個抱病的老臣，出發之前，叫來驅車的侍衛耳提面命了一番。

回宮路上，馬車忽然急停。

夏侯澹穩穩坐在車中，聽見外頭侍衛怒道：「何人敢攔聖駕！」

這一聲喊得聲若洪鐘，半條街外的百姓都張望了過來。

夏侯澹知道演員已就位，慢悠悠地撩開車簾走了下去，問道：「何事？」

遠處跪了個衣衫襤褸的百姓，一見他下車，立即殺豬般地開嗓號道：「聖人啊！蒼天啊！求您開開眼啊！草民的鄉親父老，每家每戶，無一不是一年到頭起早貪黑地耕織，存留的糧米卻只夠果腹。草民一對弟妹，出生不久趕上歉年，被父母含淚活活餓死……」

混在人群中的李雲錫：？

這段慷慨陳詞怎麼聽起來有點耳熟？

那演員直接把李雲錫當日在舟中的整段臺詞複讀了一遍，末了哭號道：「草民一家是活不下去了，若是再增稅，唯有割去腦袋，以這一碗熱血供養聖人了！」

「哐哐哐」磕頭。

李雲錫：「……」

周圍的百姓個個聽得熱淚盈眶，加入了哭喊的隊伍，遠處還不斷有人趕來，將夏侯澹回宮的路堵得水泄不通。

夏侯澹狼狽不堪，一雙拳頭攥得哢哢作響，忽然搧了侍衛一巴掌，嘶聲道：「廢物！快把戶部尚書捉過來！」

戶部尚書在全城百姓的圍觀下跪到夏侯澹面前。

夏侯澹問：「為何要增稅？」

戶部尚書：「……」

那不是你自己批的奏摺嗎？

戶部尚書哆哆嗦嗦地將奏摺內容複述了一遍，幸而有些腦子，不敢提皇帝盡孝的事，只說是自己的意思。

夏侯澹理直氣壯道：「所以增稅是為了造陵寢？那國庫裡原本用來修皇陵的稅收呢？」

戶部尚書噤若寒蟬。

夏侯澹道：「帶朕去看，今日必須給……給百姓一個交代！」

片刻之後，戶部尚書冷汗淋漓，哆嗦著手打開錢庫的大門。

夏侯澹直直立在門口，僵硬良久，突然間仰天大笑，癲狂道：「錢呢？朕的錢呢？」

周圍宮人呼啦啦跪了一地。

夏侯澹目露凶光，左右一看，劈手奪過侍衛的劍，朝著戶部尚書大步走去。

戶部尚書當場尿了一灘，「陛下！」

「陛下——」安賢邁著小碎步跑來，「右軍章將軍急奏，說是……」

他湊到夏侯澹耳邊，夏侯澹卻不耐煩道：「大聲講。」

安賢道：「說是軍餉發霉了。」

夏侯澹扔了劍，接過他手中的奏摺，展開掃了兩眼，將它一把摔在戶部尚書臉上，

「他們威脅朕，說是今年的軍餉再不加量，恐怕軍馬將無餘力護衛邊疆。」

所有人都知道，那幾個將軍都是端王黨，在這個節骨眼上來找皇帝施壓，自然是因為聽說了戶部要加稅，要求分一杯羹。

夏侯澹踉蹌一步，「好，好啊。所有人都來找朕要錢，國庫卻是空的。這江山差不多也該改姓了！」

戶部尚書終於尿完了，整個人很平靜，「臣該死。」

夏侯澹卻沒再去撿劍，喘息片刻，疲憊道：「此事朕要找母后商議。」

另一邊，太后也聽說了今日的鬧劇。

她多少有些心驚，「國庫這樣空下去，確實不是辦法。」

沒帶過兵的人，終究還是怕那些兵痞子的。一邊忌憚著他們，一邊卻又依賴著他們的保護。

「那些武人想法簡單，為今之計，還得先餵飽他們。」太后扶了扶鑲金嵌玉的簪子，笑道：「讓戶部想想法子，撥些補給過去吧。」

心腹道：「那陵寢的事……」

太后望著自己紅豔豔的指甲，「難得皇帝有孝心，陵寢自然也是要建的。」

御花園裡，張三那個所謂「雙龍戲珠」形狀的花陣已經種好了，不日便會開花。

揮退宮人之後，自己提起鏟子，往那「珠」的下方泥土裡埋了一個盒子。

他在盒子裡藏了張紙條：「如果你是同類，留言給我，我想與你見面。」

——用的是現在的橫書文字，從左往右書寫的。只要是穿越者，看一眼就會明白。

花期未至，張三已經開始每天找由頭去附近徘徊了。

當然，泥土始終沒有被翻弄的痕跡。

夏侯澹回頭對庾晚音複述了那場大戲，庾晚音笑得前仰後合，「你也太會演了吧！」

夏侯澹道：「畢竟只剩這個優點了。」

庾晚音道：「挺好的，特別管用。這樣一來，爾嵐他們也該出場了，戶部推行開中法是遲早的事。」

「但種子問題還是沒解決……」

「是時候研究一下燕國的事情了。」庾晚音深思熟慮道：「我先去藏書閣做點功課。」

藏書閣已經重建完畢，還收集了一批新書替換被燒毀的藏品。

庾晚音在裡面泡了一天，找出幾本與燕國有關的通志，與宮人說了幾句好話，想將書抱回去慢慢看。

在二樓經過自己原本的位子時，她不經意地朝窗外看了一眼，突然間定在原地。

御花園裡面新開了一批花。

站在二樓俯瞰，花叢之中，一個巨大的「SOS」形狀赫然在目。

庾晚音的雞皮疙瘩起來了，轉頭問宮人：「那些花是什麼時候栽種的？」

宮人道：「奴婢不知。」

庾晚音再也顧不上借書，下樓跑到那片花叢前。

「SOS」的形狀是由一株株鐵線蓮拚成的，花色粉紫，與周圍其他花草截然不同。

會是自己想的那樣嗎？這真的是穿越者種下的嗎？

《穿書之惡魔寵妃》裡絕對沒有這情節。

難道又是一個意外穿來的新同伴？如果這「SOS」是一句留言，周圍應該還會有別的線索才對。

庾晚音四下打量一圈，先把附近的樹洞搜尋一遍，一無所獲。她還不死心，又彎下身查看花叢下的泥土。

身後突然傳來腳步聲。

庾晚音有所預感般回頭，那個沉悶的小太子正靜靜望著自己。

四目相對了幾秒鐘，小太子見禮道：「貴妃娘娘。」

「……太子殿下，你在這裡做什麼？」

小太子望著她，眼中似是戒備，又似是茫然，「只是無意間路過。」

庾晚音朝他靠近兩步，心中浮現出一個不可思議的猜想。

她抿了抿嘴唇，試探道：「我家門前有兩棵樹，你知道是什麼樹嗎？」

小太子毫無反應地望著她。

庾晚音又走近一步，「其中一棵是棗樹，另一棵是什麼？」

小太子緩緩蹙起眉，「貴妃娘娘？」

遠處，一個小太監匆匆奔來，朝庾晚音一禮，又對小太子道：「殿下，太后在等你呢。」

庾晚音失望地看著他們離去。

「殿下，請速速隨奴婢來。」小太監驚慌失措地壓著嗓子，「太后不太好了。」

張三夢遊似的被推進了太后寢殿。

有那麼片刻，他沒有認出床上那個半臉歪斜、雙目暴突的女人。

她中風了，一夜之間老了二十歲，垂下去的嘴角口涎橫流，對他顫抖著伸出一隻手。

張三握住太后的手。

她的五指像鷹爪般緊緊扣著他，像是要抓住一縷執念一般，眼神中的不甘幾乎要化為凶煞將他吞噬。

殿外傳來唱名聲：「皇上駕到——」

張三頓了頓，回過頭去。

一抹高大的身影走到床前，跪地叫了一聲「母后」。不等太后回應，他抬起頭，對著張三冷淡地笑了笑，「澹兒。」

張三沒有回應。

床上的太后死死瞪著皇帝。皇帝卻顯得游刃有餘，貼心地為她抹去口水，微笑道：「母后好生養病，不日便能康復的。」

張三默默地立在原地，嗅著空氣中冰冷的、帶著鐵銹味的、權力交替的氣息，腦中突然間傳來一陣銳痛。他沒有聲張，默默地忍耐著。

那是他生命中第一次頭痛發作。

太后的病情惡化得很快，一個月後就薨了。

而皇帝也如願以償地封了新的皇后。

繼后年輕美豔，通身珠光寶氣，染了蔻丹的指甲輕輕掐了掐張三的臉，「澹兒，以後本宮就是你的母親。」

張三不動聲色地偏了偏頭，避開她的手，溫順道：「母后。」

他已經在這宮中待了很長的時間，長到足以弄清許多事情。

比如，眼前這位繼后在上位之前，已經被太后下了毒，終生無法受孕。

比如，太后的中風與死亡，這位繼后大抵脫不開干係。

又比如，繼后當然恨他。另一方面，她又需要馴服他。等到熬死了皇帝，她就是呂武。

他不是真正的幼童。但作為一個普通的國中生，他的心術或許還比不上宮裡長大的幼童。

以前是太后掌控他，現在是繼后掌控他。他鬥不過任何一個。

可是那個妃子，那個理應是全文主角的惡魔寵妃，他唯一的同類，究竟在哪呢？

張三試過把繼后帶去那一片「SOS」花叢附近，觀察她的反應。但繼后的目光毫無波瀾地穿過了花叢。

她正忙著扶植自己的外戚，要牢牢把持前朝與後宮。

張三知道，自己作為未來皇帝的勢力正被一步步地蠶食。但他無能為力——他在書中的生母早已離世，而皇帝對他並沒有額外的垂憐。

他的頭疼越來越頻繁了。

那個人在哪呢？什麼時候出現呢？

他還能等到她嗎？

晚上，庾晚音興沖沖地找到夏侯澹，說了花叢的事。

夏侯澹頓了頓，道：「會不會是謝永兒種的？」

「我一開始也這樣猜。」庾晚音道：「但謝永兒的一言一行都寫在書裡，她肯定沒幹過這事。而且，她一直覺得自己是唯一穿越者，不會想著尋找同類的。我覺得這應該是另外的人，像我們一樣，意外穿進來的。」

夏侯澹道：「但我們在這裡待了這麼久，如果有奇怪的人，早就該發現了。」

「也許那個人在竭力隱藏自己？他，或者她，不知道該信任誰，只好用這種方式求救……不行，我得去查查那片花叢是誰種的。」

夏侯澹不以為意地笑了笑，「大概是巧合。妳覺得是SOS，人家種的說不定只是雙龍戲珠。」

「我知道。但萬一呢？萬一還有人等著我們相救呢？一個人在這個世界，該多害怕啊。」

夏侯澹靜靜地望著她。

庾晚音笑道：「別這樣，發揮一下想像力嘛，湊齊三個人就能打牌啦。你說那個人是男是女？會喜歡吃小火鍋嗎？」

繼后受封一年後，張三也到了要去尚書房念書的年紀。

這個世界的尚書房通常是所有皇子一同聽課的。但張三入學之後，卻發現前後左右空蕩蕩的，偌大的書房裡只有他一個人坐在中央，所有夫子滑稽地圍著他打轉。

他知道這是繼后的意思，那野心勃勃的女人正在從根源上孤立太子。

張三不信命。

哪怕沒什麼實際本事，他心裡還藏著現代人的優越感，不願就此輕易屈服。他要盡己所能改善處境，直到找到那個同伴。

張三乖乖上了幾天學，待到帝后來檢查課業，才靦腆道：「兒臣日日孤坐，實在寂寞無趣。求父皇、母后開恩，哪怕多一個伴也是好的呀。」

他想試著交朋友，培養自己的勢力。

皇帝看了繼后一眼。繼后摸了摸張三的頭，微笑道：「那便讓泊兒來陪你吧。」

夏侯泊長他幾歲，雖是出身卑賤的庶子，卻生得俊秀文雅，芝蘭玉樹。唯有在朝他見禮的時候，眼中冰冷的厭惡幾乎藏不住。

夫子讓夏侯泊與太子對坐。

冗長的講經聲中，張三的眼簾越來越沉，正昏昏欲睡，耳邊忽然落下「啪」的一聲脆響。

他彷彿回到了國中數學課上，驚恐地抬起腦袋。

「啪」，又是一聲。夫子的戒尺高高揚起，重重抽在夏侯泊的手心，「不得走神！」

夏侯泊沒有走神。

夫子只是讓他替太子受過罷了。

講經聲再次響起，夏侯泊蜷起紅腫的手，死死盯著張三，薄唇抿成一條縫。

下課之後，張三立即去問跟隨自己的那個小太監：「安賢，夏侯泊是怎麼回事？別想著瞞我，我總能查出來的。」

安賢戰戰兢兢、語焉不詳，但他大抵聽懂了：在漫長的宮鬥歷史中，自己已故的母后害死了夏侯泊的母親。

然而，當事人都已死去，這深宮之內，假戲真做，虛實莫辨，又有誰說得清楚呢？

張三唯一可以確知的是：夏侯泊恨他。

而繼后非常樂於加深這份恨意。

從那天開始，所有夫子對夏侯泊的懲戒一次比一次加重。很快，他們不再滿足於戒尺，尚書房裡出現了柳條。

就連太監、宮人，都在膳食茶水上爭相發揮創意，變出了許多折辱人的戲法。每當夏侯泊面無表情地咽下污水，他們總會喜滋滋地望向張三，彷彿在期待他賞賜似的。

據說，繼后是這麼囑咐他們的：「太子若是頭痛發作，旁邊必須有人比他更痛。」

張三軟語相求了數次，但這時皇帝已經漸漸不管事了，一切交由繼后做主。

繼后沒有開恩調走夏侯泊，卻調來了更多庶出不得寵的皇子。

可想而知，每個同窗都成了「繼后哄太子高興」的道具。在所有人眼中，張三與繼后牢牢綁定，情同親生母子。

張三有時會想，孤立太子有許多種方式，繼后選擇了最激進的一種，或許是因為當年墮胎之後，早就恨上了所有皇子吧。

那女人當時還沒料到，這五毒俱全的尚書房裡，最終會養出一隻超越自己的蠱。

夏侯泊身上的血痕瘀青一天比一天多，望向張三的目光卻一天比一天收斂。現在他的臉上已經澈底沒有仇恨的影子了，眉眼溫文爾雅，微笑謙恭有禮。他是那麼討人喜歡，所有被虐待的皇子都團結到他的身周。

張三不信命。

他試過在夫子訓誡同窗時挺身而出，據理力爭。老邁的夫子一臉惶恐地對他行禮，請他息怒，隔日卻變本加厲地抽人。他的抗議成了拙劣的做戲，在眾皇子嘲諷的注視下唱著紅臉。

他試過自己帶飯給所有同窗，以圖緩和關係。他親自挑選了豐盛的膳食與點心，親眼望著宮人裝入食盒，帶進尚書房。然而同窗們打開食盒，入目的卻是糟糠。

有暴躁的皇子忍無可忍，當場摔碎了食盒，「太子殿下真是深情厚誼啊！」

「三弟。」夏侯泊一拍那皇子的肩，示意他冷靜，隨即彬彬有禮道：「多謝太子賞賜。」

張三道：「我沒有——這不是——來人！」

端食盒的小太監跪在地上哭得肝腸寸斷。張三怒罵他時，眾皇子又露出了觀看自導自演戲碼的嘲弄目光。

張三百口莫辯，腦袋疼得像要裂開，一腳踹翻那太監，「到底是誰指使的你，說啊！」

「殿下饒命，殿下饒命……」

夏侯泊恰在此時溫聲道：「這閹人罪不至死，還請殿下寬仁。」說著積極地把糟糠吃了。

張三站在原地，只覺得渾身發冷。

剛才短短一瞬間，他捕捉到小太監與夏侯泊交換的眼神。

在他過家家一般琢磨著「緩和關係」的時候，夏侯泊已經學會栽贓陷害、收買人心了。

他還試過連續半月稱病不出，索性不去尚書房。

這時候，對他不聞不問的繼后卻又出現了，一臉關切地坐在他床邊，「澹兒，陛下聽說你不僅懶於讀書，還想盡辦法折辱同窗，正在發怒呢，你快去給他磕頭認錯吧。」

張三氣得肝疼，實在維持不住那張乖覺懵懂的面具了，瞪著她冷冷道：「折辱他們的究竟是誰，相信母后比兒臣清楚。」

繼后訝然道：「是誰？說出來，母后為你做主。」

張三：「……」

張三寫了一封長信，親手塞到皇帝手裡。

他用上了全部智商，先是吹捧一番父皇仁厚，又述說了一番自己與兄弟們的遭遇，閉口不稱委屈，只說自己為父皇憂心，怕他被奸人蒙蔽。

他沒有等來皇帝的回音，出現在他面前的依舊是似笑非笑的繼后，「太子啊太子，本宮將你視若己出，未想到你對本宮誤解甚深，實在叫人寒心哪。」

張三道：「父皇他——」

繼后嗤笑道：「你以為如今的前朝後宮，還由你父皇做主嗎？告訴你也無妨，我這一生恨過許多人，但最恨的非他莫屬。」

張三的心臟停了一拍。

這女人連這話都說了，自己是要被滅口了嗎？

繼后長長的指甲劃過他的臉，一個用力，刺出一滴血珠，「你若不願與本宮母子同心，自有別的皇子願意。」

那一刻，張三初次明白了一件事。

這個故事裡，他是誰，他是怎樣的人，並沒有那麼重要。

張三「撲通」一聲跪倒在繼后面前，磕頭道：「是兒臣不孝，兒臣願面壁思過。」

在他面壁思過的日子裡，御花園那片擺成「SOS」形的鐵線蓮又到了花期。

張三一次次跑去觀察泥土，一次次失望而歸。直到某一日，他突然遠遠地停下腳步——花叢下的泥土有了被翻弄過的痕跡。

張三連鏟子都顧不上拿了，跪在地上徒手刨土，刨出了埋在深處的那個盒子。

他用髒汙的指甲撬開盒子。自己留在裡面的紙條消失了，取而代之的是一片形狀奇異的葉子。

此後數日，張三一棵樹一棵樹地找過去，終於在深宮某個角落發現同樣的葉子。

他又一寸寸地摸過樹幹，最後摸到一個細細的刻字：丑。

深夜丑時，張三繞過熟睡的宮人溜了出來，獨自走向那棵樹。

一個瘦弱的小宮女正提燈站在樹下，蒼白著臉望著他。

張三連呼吸都屏住了。

他小跑到她面前，問：「……妳拿到了我的紙條嗎？」

小宮女手一抖丟掉了宮燈，猛然跪地道：「殿下饒命，奴婢不知那是殿下之物！」

張三看著她的反應，心漸漸地涼了。

他猶不死心，試探著對她說：「Hello？」

小宮女茫然而恐懼。

張三渾身血液冷卻，「妳如果沒有認出那片花叢，又怎麼會想到去挖土？」

「奴婢……奴婢在那附近的偏殿裡服侍，時常從遠處看見一道人影徘徊，又見那花叢形狀奇異，心生好奇，就挖了挖……」

小宮女帶了哭腔：「那紙條上的字形狀詭異，句意不通，奴婢以為……以為是哪個不太識字的侍衛……奴婢該死！」

張三嘶啞地笑了一聲。

「別演了，妳是怕我害妳嗎？相信我啊，我們是同類啊。」

小宮女茫然而恐懼。

「我——我在這個世界只有妳了。」張三朝她一步步走近，她卻步步後退。

張三站定了，「妳真的不是？」

「不是……什麼？」

張三突然溫柔地笑了，他伸手輕輕摸了摸她的臉，「沒什麼。這下妳知道我的祕密啦。」

小宮女茫然而嬌羞。

張三的手緩緩下移到她纖弱的脖頸。

日出之前，他將她沉入池中。

那是他殺的第一個人。

庾晚音找信得過的宮人打聽了一圈，沒人知道那叢鐵線蓮是誰種的。

「他們說，近年沒人動過那一塊花圃。」庾晚音失望道。

夏侯澹聳聳肩說：「妳看，我就說吧，是妳想多了。」

「但從上往下看，就是個鬼斧神工的『SOS』……」

夏侯澹道：「這就有一個新問題了。這花才剛到花期，還會開很久呢。哪天謝永兒路過，跟妳一樣把雙龍戲珠看成『SOS』，妳猜她會怎麼想？」

庾晚音恍然大悟地捂住嘴：「她也會懷疑身邊有同類。」

「然後，保不齊哪天她靈光一閃，就會懷疑上我們。」夏侯澹循循善誘。

庾晚音果然焦慮了，「那片花叢不能留了，能想個由頭拔掉嗎？」

「笑話，朕想翻新御花園，哪還需要由頭。」

當天下午，在確認謝永兒沒出門之後，夏侯澹命人翻新了花叢。

鐵線蓮被一株株連根拔起，夏侯澹坐在亭中遠遠地望著，目光無悲無喜。

他轉頭，身旁的庾晚音倒是一臉悶悶不樂。

夏侯澹失笑道：「怎麼了？」

庾晚音有點不好意思，「你就當我異想天開吧，我還在想萬一有個同類，千辛萬苦種了花求救，結果非但沒等到回應，連花都被拔了……不然我們在原地埋張紙條什麼的？」

夏侯澹：「……」

夏侯澹溫柔地看著她，「有被謝永兒發現的風險。」

「好吧。」庾晚音放棄了。

第九章　妳永遠都不需要改變

戶部尚書接了太后扔過來的爛攤子，急得連夜長出一嘴皰疹。

又要給三軍送糧餉，又要替太后造陵寢，還要往國庫裡變出點錢來應付那瘋皇帝——同時還不能增稅。

戶部尚書覺得自己的好日子快到頭了。

他在府中對下屬發著脾氣，卻不知府邸後門外的街角處，兩個新入職的小主事也正在小聲爭吵。

李雲錫怒道：「既然是我想出來的法子，自然應該由我去提。」

爾嵐依舊女扮男裝，一臉平靜，「李兄打算怎麼提？拿出你的文人風骨，罵他個狗血淋頭嗎？」

李雲錫冷笑著瞥了她手中精巧的禮盒一眼，「那麼爾兄又待如何說服尚書大人？以進言之名，行賄賂之實嗎？」

他看不慣爾嵐。

這書生長得眉清目秀，貌如好女，說起話來不疾不徐，令人如沐春風。

李雲錫這種直腸子，見此人乍入官場就適應良好，堪稱如魚得水，心裡存了鄙夷。

爾嵐淡然道：「陛下重托之事，只要能辦成，手段並不重要。李兄難道忘了你我的官職是如何討來的？這禮盒送進去，陛下會介意嗎？」

拿皇帝來壓我？李雲錫根本不吃這套，「他若不介意，就是他為君者的錯處！」

爾嵐：「……」

爾嵐對他笑了笑，「也對。」

李雲錫道：「所以……」

話音未落，只見爾嵐猛地轉身，拔腿衝向府邸後門。

李雲錫這輩子專注唇槍舌劍，從來沒遇上過這等「說不過就跑」的無恥行徑，一時竟然愣在原地，眼睜睜看著她將禮盒和一封信箋一起遞了進去。

片刻之後，有侍從出來迎客。

爾嵐一腳踏入門裡，回頭看了七竅生煙的李雲錫一眼，笑著做了個口型：等我消息。

戶部尚書正坐在堂上讀著她那封信箋，禮盒則已不見蹤影。

戶部尚書讚不絕口：「良策，確實是良策。」

信中所寫的，正是李雲錫計畫的開中法：由朝廷出面招募商人，輸納軍馬糧餉。朝廷支付給商人的不是錢財，而是鹽引。憑藉鹽引，商人日後可以分銷官鹽，從市易中獲利。

如此一來，朝廷不必透支國庫，就能借商人之手承擔成本，支援三軍。

爾嵐笑道：「能為大人分憂，下官三生有幸。」

戶部尚書又研究一下細節，遲疑道：「只是鹽政改革事關重大，太后那邊……」

「大人，看陛下的意思，整改已是勢在必行。咱們自己不提，也會有別人上奏。」爾嵐朝他湊近了些，諂媚道：「日後鹽引給誰、不給誰，還需從長計議呢。」

戶部尚書當然懂她的暗示：個中油水肥厚。鹽引在手，商人爭相來搶，最終會演變成又一門生意，端看如何操作了。

爾嵐眨眨眼道：「以太后的慧眼，定能識出大人這顆明珠。」

戶部尚書哈哈大笑，拍著她的肩道：「後生可畏啊。」

幾日後，戶部上奏，奏章呈了厚厚一遝，請求頒布開中法。

夏侯澹跳過大段的馬屁和解釋，直接翻到最後一頁。

在爾嵐的建議下，戶部尚書列出了建議運輸的糧食清單。若干種主流作物裡，默默地夾了一個燕黍——理由是不易腐爛，便於存儲，又可以餵軍馬。

這改革由太后黨提出，又因為對三軍將士有利，所以端王也不會過多阻撓。

正因如此，這本奏摺經過無數輪修改，那不起眼的「燕黍」二字卻奇跡般地保留到了最後，原封不動地送到夏侯澹手中。

夏侯澹龍飛鳳舞地批了個「准」字。

至此，開中法正式施行。

各地倉廩開始照著清單收繳糧食，再由聞風而來的商人運向邊境。

氣候乾燥之地，百姓聽說那乾巴巴雜草般的燕黍居然也能充當捐稅，笑了幾聲「為官的怕不是傻子」，便去野地裡找尋起來。行動力強的甚至已經種下了，施起了肥。

不僅如此，商人為了省下運糧的成本，很快開始雇人直接去邊境開荒，專門種清單上的作物。而靠近燕國的西北處環境惡劣，只有燕黍能成活，最終發展出了第一片燕黍田。

大家都很滿意：軍隊得到了糧食，太后得到了陵寢。

此時此刻，世上只有幾個人，在為那笑話般的燕黍田熱淚盈眶。

雖然他們找到的種子還遠遠不夠，但至少在大夏的土地裡，已經埋下了最初的希望。

隔日，這君臣幾人聚集在某處隱蔽的私宅，不敢大肆慶祝，只能舉杯致意。

私宅是給岑堇天用的，在後院開了一片小小的試驗田，種了幾樣抗旱的作物，目前長勢喜人。

庾晚音心中一塊巨石落地，一不小心喝多了一點，站在田邊哼起小曲兒：「哎——開心的鑼——鼓，敲出年年的喜慶——」

恰好站在旁邊的汪昭：「……」

汪昭是幾個臣子中最沉穩的一個，鬍子一把，像個小老頭。

他捋著鬍鬚想了半天，最終困難地憋出一句：「……娘娘唱出了民生多艱。」

田地另一邊，李雲錫與楊鐸捷這兩個刺兒頭湊在一起低聲交談。

李雲錫臉色鐵青。

因為立了大功的戶部尚書春風得意，順手提拔了爾嵐。

爾嵐當時神情一動，看了李雲錫一眼，但最終什麼也沒說。事後才對他解釋：本想為他美言幾句，但在太后黨面前，不敢抱團太明顯，怕引起懷疑。

李雲錫道：「說得好像我稀罕似的。」

楊鐸捷不平道：「那他不就是搶了你的功……」

「李兄，」爾嵐面色如常地走向他們，「可否借一步說話？」

「不必了。」李雲錫早已看穿了這人的汲汲營營，不齒道：「爾兄不必多費口舌，人各有志，升官發財對李某來說有如浮雲。」

爾嵐微笑道：「咱們在太后手下做到多大的官，確實都是浮雲。這江山畢竟是陛下的江山，日後陛下論功行賞時，自然會記得李兄的功勞。」

李雲錫氣到窒息，「無論是在太后面前還是陛下面前，我都志不在此！」

這一聲說得響亮，對面的夏侯澹看了過來。

爾嵐也不耐煩了，「是啊是啊，李兄志存高遠，恨不得今日入朝明日撞死。兄弟我卻還盼著李兄多活幾日，再出幾篇策論供我上位呢。」

李雲錫：「……」

李雲錫道：「你真的這麼想？」

爾嵐翻著白眼走開了。

李雲錫轉頭看楊鐸捷，「他……他……他……成何體統！」

「陛下、娘娘。」

微風和煦，岑堇天抓著一把作物走來，攤開手給他們看，「目前看來，確實是燕黍最耐旱，長勢也最好。不過要到秋收時才能看出收成了。」

庾晚音道：「岑大人能不能像之前那樣，測出燕黍最適合什麼土壤、如何灌溉施肥之類的？」

岑堇天想了想，「臣自當盡力，但兼權尚計，或需兩三年。」

說到時間，幾個人有些沉寂。

庾晚音猜不到旱災何時來，岑堇天則不知道自己能不能活到那時。

庾晚音看著他年輕而憔悴的臉，突然心生愧疚，「岑大人保重身體。」

岑堇天笑道：「臣會努力活得久一點。」

「不，真的，保重身體。為了提高一點收成，岑大人已經隱姓埋名、背井離鄉，你的雙親家人……」

夏侯澹插言道：「餘生如此，值得嗎？」

庾晚音用手肘捅了他一下。太直白了。

岑堇天卻笑著擺擺手，「臣以為預知死期，是件幸事。臣少年時便反覆思量，這一生要做些什麼才不算虛度。雙親自有兄弟孝敬，故鄉自會在死後榮歸。他日臣離去時，唯願埋骨之處，有五穀豐登。」

回宮的馬車上，庾晚音的情緒明顯低落了下去。

自從穿來之後，她覺得自己每天都在迅速成長，早已不是最初那個無頭蒼蠅般亂撞的小白了。

但總有些人的存在提醒著她：妳的境界還差得遠呢。

夏侯澹道：「在想岑堇天？」

「嗯。」庾晚音嘆息。

她以前看文的時候，專喜歡看刺激的大場面，群雄逐鹿、金戈鐵馬……岑堇天種田的片段全被跳過去了。

「等到自己來了這個世界，才發現他才是真的救萬民於水火。有那樣的一生，的確不算虛度了吧。」

馬車搖搖晃晃，夏侯澹半開玩笑道：「不必妄自菲薄，妳也在救萬民於水火。」

「我？」

「客觀來說，如果能幫大夏挺過那場旱災，妳應該名垂青史才是。」

庾晚音失笑著低下頭。

片刻後她又吸了口氣，猛地抬頭道：「好，我也不想虛度此生了。」

夏侯澹一愣，「什麼？」

「按照原文，端王用最大的代價登上了皇位，那我就要用最小的代價挫敗他。預防旱災只是第一步。他還要跟燕國殊死一戰，一將功成萬骨枯——咱們戰都別讓他戰。」

她目光炯炯地盯著夏侯澹，胸腔裡鼓動著新的鬥志，「我好像還記得一點燕國的設定，這一仗不是非打不可，外交吧。」

夏侯澹道：「好。」

「還有，他勤王的時候還要跟太后打一仗。但如果咱們搶在那之前成長到足夠強大，震懾住他們，就能不戰而屈人之兵。」

「好。」

「還有……」庾晚音頓了頓，「你是不是在笑？」

夏侯澹搖頭，「只是一想到我們做的一切都發生在一本書裡，就覺得有些荒誕。」

這個問題庾晚音也想過了，「但就像莊周夢蝶，你又怎麼知道外面那個『真實世界』不是另一本書呢？」

「確實不知道。」

「對吧，誰能保證自己的存在是真實的？我懶得為此糾結了。」庾晚音揮揮手，像要把這個問題打散成煙，「哪怕註定是死亡結局，我也要在死前多做點事。」

夏侯澹道：「好。」

「你為什麼一直說『好』？」

「好，那我就捨命陪君子。」他笑道。

張三一年年地長大了。

鐵線蓮還在一年年定期綻放，他卻已經很久沒想起那叢花了。

因為，隨著皇帝逐漸老邁，而自己年紀漸長，他意識到一個新的可能性：那個作為女主角的「惡魔寵妃」，也許並不是他父皇的妃子，而是他的。

等到他當上皇帝，她才會登場。

這個發現並沒有帶來多少安慰。因為他穿來前雖然只瞥了文案一眼，卻清楚地記得，女主角是妃子，男主角卻不是皇帝。

那麼，按照正常小說的套路，他這個皇帝應該是反派——註定慘死的那種。

不僅如此，他還開始懷疑這篇文的男主角是他的皇兄。

夏侯泊活著熬到了出宮建府，被封為端王。

這年輕王爺在朝中毫無根基，於是經常主動請去戍邊。他在邊塞之地混了幾年，從備受欺凌的小白臉混成了文韜武略的將領，跟武人們打成一片，歸來時總帶著大大小小的軍功，還被老皇帝賜了儀仗。

夏侯泊走的完全是男主角路線。

而張三，正被來自整個世界的惡意推向一條反派之路。

按理來說，端王明顯比張三更適合當太子。但繼后當然不會讓這種事發生，她需要的是容易控制的傀儡。

兩股勢力明爭暗鬥之下，張三在一年之內遭了四次暗殺。睡夢中遇刺，用膳後嘔血，不斷地重傷，又被搶救回來。端王要他死，太后要他活。

他開始徹夜難眠，偏頭痛愈演愈烈。有時幻聽，有時以為是幻聽，結果是真刺客。

等到老皇帝駕崩，張三即位，坐在龍椅上往下一看，朝堂中除了繼后黨——現在該叫他們太后黨了——還多了一批與之分庭抗禮的端王黨。

唯獨沒有幾個擁皇黨。連他的帝師們都是太后安排的。

在這個世界，他現代人的背景不是優勢，而是劣勢。論心機，論權謀，他的義務教育幫不上任何忙。

滿朝文武，他找不到一個可堪信任之人。

大廈將傾，獨木難支。

但張三不信命，就算是死，他也要掙扎過再死。

憑著直覺，他找到了胥閣老——因為這老臣不像其他臣子那樣巧言令色地哄他，反而時常拉下臉，搬出一番大道理來教育他。

同時也因為胥閣老在朝中混得不如意，處處受人排擠。

張三認定這人是真的向著自己，於是對他恭恭敬敬，請教了許多問題。胥閣老建議他施行的政策總是遇到重重阻礙，而越是如此，他就越放心。因為如果那些建議是錯的，太后與端王便不會來攔。

直到有一次，胥閣老勸他除掉某個大官。

胥閣老言辭懇切：「此人一直欺上瞞下監守自盜，而且與端王狼狽為奸，勢力發展得盤根錯節，必須儘早拔除。」

他信了，費了許多功夫收集罪證，在早朝時突然發難，將那貪官押入大理寺，不日便處斬了。

那是他殺的第八個人。

那次行動出乎意料地順利，甚至有些順利過頭了。他沒有受到任何阻撓。

下朝之後，有個留著八字鬍的小官員跑來找他，聲淚俱下地稱他受了矇騙。

這八字鬍一直是太后黨的人，此時卻大表忠心，說自己其實早已不堪太后折辱，想要效忠陛下；而那胥閣老才是真正的太后心腹，性本奸回，一直以來將陛下哄得團團轉。

「他藉陛下之手除去那貪官，其實是剪掉端王的羽翼，為太后除去一患呀！」

八字鬍呈上了無數證據。有太后的筆跡，也有胥閣老的筆跡。

張三不敢相信，偷偷去太后處查看，恰好看見胥閣老與太后走在一起，言談甚歡。

兩個月後，八字鬍出面彈劾胥閣老。

張三沒殺胥閣老。他下令將胥閣老抄家流放。

胥閣老一言未發，對他重重磕了幾個頭，就讓人拖走了。

這次行動也出乎意料地順利。

張三隱隱覺得不對，卻又捋不清到底是哪一步出了錯。

隱忍幾年之後，他才一點一點地拚湊出當年的真相。

八字鬍是太后的人。而彈劾胥閣老，卻是與端王合謀的。

八字鬍憑此一功在太后黨中站穩了腳跟，一步步爬到了權力中心，後來還加封太傅——他姓魏。

那個時候，張三已經動不了他分毫了。

張三信不信命，其實無關緊要。

世界需要一個反派，太后需要一個傀儡，而端王需要百姓記住一個罪人，為天災、為人禍、為他們連年的歉收負責。

他來了，他就成了這個人。

馬車猛然一停，接著猛然加速，將夏侯澹從淺眠中驚醒了。

庾晚音也嚇了一跳，掀簾問道：「怎麼了？」

駕車的侍衛道：「暗衛發現有人跟蹤。來的只有一個人，但武功甚高，暗衛拿不住他，北大人去對付他了——屬下先護送陛下與娘娘回宮。」

「慢著。」夏侯澹皺眉道：「只派一個刺客？不像是端王的作風。讓北舟生擒他來問話。」

侍衛回頭瞇著眼望了望，「北大人尚未與他分出勝負。」

庾晚音驚了：「怎麼可能？」

北舟可是全書武力值天花板，單挑未逢敵手。

「似乎已過了三十多招了。」侍衛實況轉播中，「奇怪的是兩人都未出殺招。」

庾晚音忍不住了，從車窗裡探出腦袋朝後望去，瞬間被一陣勁風吹亂了頭髮。

為了隱蔽行事，他們一直在繞路，此時正穿過一條寬度只能容下一輛馬車的暗巷。

巷子盡頭，飛沙走石，劍風狂亂，兩道飄逸的剪影正鬥得天昏地暗。

庾晚音肩頭探出另一顆腦袋。夏侯澹問：「原文裡有這麼個人嗎？」

「反正我不記得了……」

「喝！」一聲清叱傳來，跟著是「嗖嗖」的破空之聲。

實況轉播的侍衛道：「可惡，刺客投了暗器！」

暗巷狹窄，避無可避，只見北舟忽然一腳蹬在牆上，如大鵬展翅般騰空而起，半空團身翻了個跟斗。刺客的暗器紛紛頹然落地。

北舟一個跟斗翻完，人尚未落地，對著刺客長袖一甩，破空之聲又起。

他的暗器顯然密集得多，「咻咻咻」不絕於耳，聽聲音儼然已經將人射成了篩子。

夏侯澹道：「留人——」

那刺客也同時大叫道：「好了！我不是刺客，你看不出來嗎？饒命啊！」

聽聲音是個年輕人。

北舟悠然道：「你若是刺客，哪裡還有命在。」

侍衛停下馬車，護著夏侯澹和庾晚音走近些許，警惕地看著來人。

北舟的暗器沒有射中他，而是圍著他的腦袋、四肢，在牆上釘出一幅人體描邊圖。

他僵在原地動彈不得，只能頹然道：「認輸，我認輸。」

北舟道：「你是何人？」

年輕人轉頭瞥了夏侯澹一眼，笑道：「我姓白，你可以叫我阿白。」

離得近了，庾晚音逆著光看清這人的形容。身材高大，黑巾蒙面，只露出眼睛。那雙眼瞳望過來時出奇地清亮，即使在暗巷裡也如淬過火的琉璃一般。她記得這好像是內功深厚的表現。

「不要動。你這身功夫是從何處學來的？」北舟並未放鬆，仍舊抬起一臂對著他，五指將鉤未鉤，似掌似爪，也不知道是哪門子起手式。剛才人體描邊用的暗器全部深深嵌入牆壁中，磚灰撲簌簌地往下掉。

阿白僵立著，忽然問：「你是北舟？」

北舟一愣。

阿白道：「我們不認識，但你應該記得無名客吧？他是我師父。」

無名客雖然沒有名字，卻聲震江湖，是個仙風道骨的絕世高人。北舟早年四處遊歷時另有奇遇，曾得他指點一二，與之結成了忘年交。

某次喝酒時，無名客問他為何一直漫無目的地遊蕩。北舟心情鬱鬱，說起宮中早逝的慈貞皇后：「故人已逝，我也不知何去何從。」

無名客當場以手蘸酒，在地上算了一卦，末了勸他道：「回都城看看吧，或許會見到故人之子。」

阿白道：「我師父前段時間夜觀天象，不知發什麼神經，非要讓我立即出師，到都城來跟著你混。」

他從懷中摸出一張皺巴巴、髒兮兮的信紙，遞給北舟。

北舟讀了一遍，面露疑惑：「確實是他的筆跡。但我看不懂他在寫什麼。」

阿白道：「哦，他說這封信不是給你的，是給皇帝的。」

默默站在一旁的夏侯澹開口了：「給朕看看。」

阿白猛地轉頭，浮誇道：「皇帝？活的皇帝！」

夏侯澹：「……」

夏侯澹暗中遞了個警告的眼神給他。

阿白卻變本加厲：「好俊喲。」

夏侯澹：？

夏侯澹讀了一遍信，面色凝重，轉手遞給庾晚音。

只見信紙上筆走龍蛇地寫了兩行字：皇命易位，帝星複明。熒惑守心，吉凶一線。五星並聚，否極泰來。

庾晚音剛看見頭四個字就驚了。

皇命易位？這絕對不是什麼相術占卜的通用說法。只有穿越者能看懂，這就是明明白白地告訴你：我知道你換芯子了。

整段話翻譯過來就是：我知道你換芯子了，而且換來的人當皇帝可以改變國運。但你命途凶險，只有一線生機，要置之死地而後生，才能化險為夷。

庾晚音與夏侯澹對視一眼，心道：這才是真的開了天眼吧。

阿白道：「師父說你天縱奇才，算是半個大師兄，讓我向你多學學。我心想著有多奇才啊，有我奇才嗎，就……」

北舟道：「就先找我打了一架？」

阿白哼哼了一聲。

北舟瞧著這便宜師弟，心中有些惜才，面上卻調笑道：「服了嗎？」

阿白顧左右而言他：「所以你在都城就是給皇帝當護衛嗎？能帶我嗎？」

北舟看向夏侯澹。

夏侯澹道：「朕有北叔已經夠了。」

「別啊，難得我師父一番好意，送我來供你差遣。」阿白在皇帝面前絲毫不怵，甚至有點嬉皮笑臉，「多收我一個也不打緊吧？我的功夫也很好的，可以保護這位——哇，大美人！」

他看著庾晚音。

庾晚音道：「……謝謝。」

夏侯澹又瞪了他一眼。

庾晚音心裡也在權衡。原文裡沒有阿白這號人物，但如今多了兩個穿越者，驚動了原本世界裡的高人，倒也說得通。

夏侯澹恰在這時低聲問道：「北叔，那個無名客……」

北舟作保道：「無名客退隱已久，不理俗事。他會送來這封信，應是算出澹兒你能保社稷安穩。這小子用的確實是他教的功夫，應該可信。」

夏侯澹便點點頭，對阿白道：「跟我們回去吧。」

一行人在夕照中回了宮。

夏侯澹說要替阿白安排個職位，帶著他走了。

北舟又用縮骨功換回嬤嬤扮相，陪著庾晚音回了貴妃殿，「那叔先回房了。」

「北叔，」庾晚音卻跟著他進了房中，「我有點事問你。」

「什麼？」

庾晚音笑道：「今天你用暗器打穿牆壁，不完全是靠手頭功夫吧？別那樣看著我，我只是猜的。」

北舟仍舊驚疑不定：「妳是如何……」

「第一次見面的時候，你的匕首穿透了一扇木門，仍舊來勢不減，讓那刺客當場斃命。後來在舟上，你袖中發出的暗器不僅能平飛上岸，而且還能連環發射，完全不停歇。」

庾晚音探究地看了看他的袖子，讚嘆道：「北叔真是心靈手巧，我對機關術也有些興趣，卻死活想不出，何等精妙絕倫的機栝才能做到那樣的效果。」

她的分析過程完全是編的。

她知道北舟是個機關術天才，是因為原文就是這麼寫的。

當初她帶著夏侯澹去找這人，心裡就存了一個念頭。只是北舟視自己的機關發明為絕密，需要共處一段時間，培養一下信任感，才方便對他提起。

果然，北舟一愣之後大笑道：「晚音竟如此聰明。不過也難怪妳琢磨不出來，這機關只有我能驅使。」

他抬起手臂，五指一屈一張，袖中「哢嗒」一響，「機栝零件貼合我周身，需要強大的內力催動。真氣一轉，可以源源不斷發出暗器，而且射程極遠，無堅不摧。」

庾晚音配合地驚嘆了一番，接著面露難色。

北舟以為她會要求一探究竟，正想婉拒，卻聽她道：「北叔有沒有想過造出更強大的機栝？比如，不是用內力催動，而是用火藥？」

「火藥？」北舟來了興趣。

「嗯，我覺得以陛下如今的處境，需要一點防身的設備。」

與此同時，阿白將一大把藥丸塞給夏侯澹，「都試試，我走南闖北的時候四處搜羅的，全是什麼偏方、祕藥。」

夏侯澹無奈道：「差不多也該放棄了吧。」

「不行，這是我師父當初交代的任務之一。他算出我能幫到你，我就一定能幫到你。」

夏侯澹道：「行吧。」

阿白在他對面坐下，十分嫺熟地幫自己倒了杯茶，「朝中如何？」

「有點變化，說來話長。你先說說你那邊如何。」

「那也說來話長……最近幹掉了兩個關鍵人物，為了低調行事費了些功夫……」

夏侯澹擺弄著那張皺巴巴、髒兮兮的信紙。

無名客算出夏侯澹換了芯子、寫信給他、送徒上門，這一連串都是真事。只不過，這封信是五年前寫的，他們的初識也發生在五年前。

阿白彙報了片刻，留意到他的動作，笑道：「花那麼大力氣跟我演那場戲，是為了騙過我那師兄嗎？」

「北舟好騙。不是為了他。」

阿白恍然大悟：「那就是為了騙過那大美人。」

「放尊重點，那是貴妃娘娘。你在她面前要裝作剛認識我的樣子，別露出馬腳。」

阿白心念一轉，興奮道：「她就是你一直在等的那個人吧？」

「不是，是另一個。」

「啊？」

夏侯澹面無表情道：「我等錯了，但她來對了。要是她沒來，我早已經死了。」

阿白皺眉道：「是我太笨還是你沒說清楚？」

「是你太笨。」

阿白：「……」

他突然露出一個惡劣的笑容：「你喜歡她，對不對？」

夏侯澹：？

夏侯澹道：「說喜歡就狹隘了。」

「那就是不喜歡？」

夏侯澹：「……」

阿白居然沒有聽到反駁，稀奇地看著他：「真的不喜歡？」

夏侯澹仍是沉默。

喜歡、憧憬、傾慕——他覺得自己胸腔裡湧動的東西配不上這些花好月圓的名號。它是一片深不見底的劇毒的海，其中只生長著黑色的海藻。

阿白一躍而起，奪門而出，「那我就不客氣了。」

夏侯澹：？

阿白重新戴好黑巾，一路摸到貴妃殿，本想直接溜進去，結果卻驚動了暗衛，召喚出庾晚音。

他大喇喇地道：「貴妃娘娘，我來找師兄切磋。」

「噓——」庾晚音將他拉進去，悄聲道：「北叔在這裡是北嬤嬤，不顯露身手的。我可以帶你去見他，你們另找地方打吧。」

「……北什麼？」

庾晚音將他帶進偏院，敲開北舟的房門，「北嬤嬤。」

北嬤嬤疑惑地看著阿白。

阿白對著他渾身直抖，終於憋不住了：「哈哈哈哈，什麼玩意？」

北嬤嬤「嘖」了一聲，搖搖頭，「還沒被揍夠是不是？來吧，讓嬤嬤疼愛你。」

房門一關，裡頭乒乒乓乓響了一陣，阿白灰頭土臉地出來了。

庾晚音忍俊不禁：「你說你圖什麼。」

阿白撓著頭，雖然遮了臉，但也能看出是在對她傻笑。

人在深宮待久了，見到這些不拘一格的江湖人，自然覺得有趣。庾晚音轉身道：「喝杯茶歇歇吧。」

阿白看著她窈窕的背影，「娘娘。」

「嗯？」

阿白左右一看，有一片花圃，姹紫嫣紅開得正好。

他原地擺開陣勢，雲手一舞，掌風催動，捲起一陣清風。

庾晚音剛走出兩步，忽見無數花瓣從身後飄到眼前，在最後一抹金紅色的夕照中翻飛起舞。

她整個人被籠罩進一團香霧裡，驚訝地回頭。

夏侯澹正站在她身後。

兩個人在如夢似幻的場景裡對視著。

庾晚音忽然有些臉熱，「你怎麼來了？」

夏侯澹微笑道：「找妳用晚膳啊。」

不遠處，毫無預兆地淪為人形鼓風機的阿白：「……」

夏侯澹拉著庾晚音回屋用膳，阿白則展現了鍥而不捨的精神，死纏爛打地跟了過去，「加一副碗筷唄？」

庾晚音驚到了。江湖人膽都這麼肥嗎？

夏侯澹看了他一眼，面無表情道：「去把那一地花瓣處理了。」

阿白回頭看了看，「有宮人在掃了。」

「那去把花圃重新種了。」

「別這麼小氣，就讓我蹭一頓唄……」

夏侯澹咳了一聲，用眼神警告他：別蹬鼻子上臉，說好的裝作不熟呢。

阿白頓了頓，收斂一下語氣，「我不會白蹭飯的。聽說陛下對燕國的消息有興趣？」

庾晚音一愣，道：「你知道燕國的事？」

她腦中的燕國就是一團模糊的馬賽克，只是隱約記得有個內亂設定，細節全沒認真看。如今想要引進燕黍、消弭戰禍，便琢磨著先從他們內部分出派別，再借力打力。

「知道知道，我知道好多東西呢，我還殺過……」

夏侯澹重重一拍阿白的肩，打斷他的話頭，氣壓很低地說：「坐下。」

夏侯澹揮退了布菜的宮人，只剩三人圍坐於桌前，阿白如願以償地坐到庾晚音旁邊。

他左右看看，抬手揭下蒙面巾，吃了起來。

庾晚音好奇地看著他的臉，是個相當清俊的年輕人，氣質上完全是夏侯澹的反義詞。膚色略深，似乎經常在外；一口白牙，專揀肉吃，塞得腮幫子鼓鼓的。

阿白灌了口酒，突然轉頭對著庾晚音悶笑，那眼神似乎在說：看我呢？好看嗎？

庾晚音：「……」

江湖人都這麼不怕死嗎？

她忍不住瞥向夏侯澹。夏侯澹也不知有沒有留意到這裡的戲碼，淡然道：「說正事。」

「哦，對對，燕國。燕國就是個落後小國，窮，糧食、布匹都少，所以總想搶我們的。」阿白嗤笑，「都是些未開化的蠻人，但一個個挺能打，跑得又快，每次攻進來燒殺擄掠，搶光了又走了。」

庾晚音道：「那不就是強盜嗎？」

「妳說他們是強盜，他們還恨我們呢，盼著夏人全死光了，把地讓給他們。」

夏侯澹道：「燕國王室如何？」

「叔姪爭權。現在的燕王叫紮櫂瓦罕，他姪子叫圖爾，是燕國第一高手。叔姪倆哪兒哪兒都不對付，只有一點志同道合，就是都恨大夏。有個祕聞，說他們在爭相往大夏送刺客，比誰殺掉的王公貴族多——不為什麼計謀布局，只是為了恨。」

庾晚音扶額道：「哪來這麼大仇啊？那這兩人中有誰可能被策反嗎？」

阿白大搖其頭：「都不太可能。燕王在陣前被夏人弄瞎了一隻眼睛，圖爾呢，跟咱們陛下有點恩怨。」

「恩怨？」

夏侯澹在桌下踹了阿白一腳。

阿白反而猛然加快了語速：「娘娘沒聽說過珊依美人嗎？珊依是圖爾青梅竹馬的老相好，當年被送入大夏宮中獻舞，出盡風頭。然而陛下無情哪，只封了個美人。結果沒過多久，她行刺陛下未遂，被誅殺了。燕國也是以此為由宣戰的。」

夏侯澹：「……」

庾晚音道：「……哦，我一時忘了。」

這種宮闈祕史，她就算是原主也不一定能打聽到。

話又說回來，這個阿白是怎麼打聽到的？

庾晚音的念頭剛轉到這裡，夏侯澹就伸筷替她夾了塊魚，「無論能不能成功，先派人去與他們分別談談吧。和談止戰是國之大計，他們中若有賢明的君主，應當懂得把私事放到一旁。晚音，妳覺得派誰去合適？」

庾晚音被轉移了注意力，「哦……之前招安的那幾個學子裡，汪昭是個外交人才，又會燕語。」

「行，就他吧。」

「但為防端王起疑，我們的一切動作都要隱蔽，不能在明面上派使臣，只能把他偷偷送出去。西北邊塞有中軍看守，他一介書生，能平安溜出去嗎？」

阿白插言：「那乾脆別從西北出去呢？」

「大夏只在西北與燕國接壤呀。」

阿白搓搓手，解釋道：「是這樣，中軍洛將軍與端王有過命的交情，相比之下呢，左右兩軍跟端王的聯繫就鬆散一些。右軍坐鎮南境，領軍的尤將軍近日正好回朝述職。」

夏侯澹微微皺眉。

阿白看了夏侯澹一眼，帶著徵詢的意思：「依我看，不如為這個汪昭謀個一官半職，塞進右軍，讓他跟著尤將軍一道回南境？你們若是不放心，我陪他一道從軍，到時候由我護送他，一起尋機從西南邊溜出去，取道羌國，繞去燕國。」

庾晚音問：「羌國是什麼樣的地方？」

阿白不以為意地揮揮手，「比燕國更小、更封閉，有時會幫燕國當強盜，戰局一壞就自己跑了，不足為慮。」

夏侯澹仍然皺著眉，搖頭道：「從軍不安全。畢竟是在尤將軍眼皮子底下，更容易暴露。讓他混進商隊吧。」

阿白張了張嘴。

夏侯澹沒給他開口的機會，「你不能跟出國，有其他用你之處。」

夏侯澹派了幾個暗衛護送汪昭。

汪昭啟程時，不帶詔命，沒有名號，也無人餞行。一輛商車，輕裝簡行，踏著未晞的朝露默默上了官道。

他將分別接觸燕國那對叔姪，向他們提議止戰通商。

大夏當前最急需的商品是燕黍，但為避人耳目，也為了讓這份提議更誘人，汪昭主張列出一份長長的清單，讓燕人用當地特產換取大夏的糧食與布匹。至於燕黍，仍然低調地藏在附帶的列表裡。

夏侯澹去上朝了，派了阿白偷偷去送汪昭。

阿白回來時，帶給庾晚音一則最新八卦：「昨晚禁軍統領喝醉酒，掉進池塘溺斃了。」

庾晚音想起什麼，「那個什麼趙副統領取而代之了嗎？」

「應該是這麼任命的吧。妳怎麼知道？」

庾晚音搖搖頭。

端王在照著胥堯記錄的那些計畫，一點點地蠶食太后黨的勢力。

這是好事，說明他目前的主要精力還是用來對付太后。己方還可以韜光養晦很久，直到……

庾晚音突然一個激靈。她忘了一個大問題，謝永兒也知道旱災的事。

胥堯留下的書裡沒有提及旱災，說明謝永兒目前還沒告訴端王。或許她覺得那個未來十分遙遠，自己突然放出預言，反而不好解釋。又或許，她相信那是板上釘釘的事，說與不說沒什麼差別。

但是，她看見一步步推行的開中法、即將發生的邊境交易，遲早會推測出己方的計畫。

只要她在燕黍播種入地前一開口，一切就泡湯了。

必須堵住她的嘴啊！

可是拿什麼去說服她？如果將事實全盤相告，能打動她嗎？

謝永兒一心走著千古一后之路，一旦發現還有兩個穿越者威脅到自己的地位，她會不會索性破釜沉舟，讓端王將他們弄死？

他們敢做這樣的豪賭嗎？

她還沒來得及去找謝永兒，卻又收到了端王派人遞進來的紙條。

夏侯泊在密會專用破屋裡等著她。

「晚音，最近用天眼看見什麼了嗎？」

庾晚音胡編亂造了一堆無用的線索，從某地花開，到某大臣陽痿。

夏侯泊微笑著聽她胡扯，末了道：「我聽說，皇帝身邊的那個高手又出現了，這次是在宮裡。」

庾晚音心中「咯噔」一聲。

怎麼可能？他怎會發現北舟？北舟自從在湖上暴露一次之後，就切換到北嬤嬤的裝扮，在宮裡再未顯露過身手……

端王凝眉道：「此人不除，十分危險。妳能不能預言一番，我們要如何除掉他？」

庾晚音：「……」

她試探著問：「消息可靠嗎？殿下是聽誰講的？」

夏侯泊看著她輕笑一聲，像是在笑她的道行之淺，「我在夢中用天眼看見的。」

庾晚音：「……」

你自己剛剛還說是聽說的，混帳玩意！

庾晚音拖延時間，原地盤腿坐下，結了個蓮花印，裝神弄鬼道：「那我試試。」

夏侯泊饒有興趣地望著她，「請便。」

庾晚音閉眼裝作小憩，心中一片混亂。

是誰告的密？誰有機會識破北嬤嬤天衣無縫的偽裝？

緊接著她靈光一閃——北舟沒有顯露過身手，但有一個人顯露了。

那掌風中漫天亂舞的花瓣。

那萎靡一地、留待宮人清掃的落紅。

庾晚音打了個粗糙的腹稿，睜開眼睛，緩緩道：「我看見一個高大的男子，走過一道迴廊。」

她瞥向夏侯泊。

夏侯泊沒有異議，「何處的迴廊？」

好，告密的人看見的是阿白。

庾晚音心中飛快地算計著，嘴上磕磕絆絆道：「好像是御花園旁邊……又好像不是……他身邊還有別人……唉，倉促之間實在看不清了。謝妃為殿下算過嗎？」

夏侯泊溫柔道：「我先找妳。晚音若是三日之後還未算出，我再去問問永兒。」

庾晚音拖著腳步回了貴妃殿。

夏侯泊那句話說得柔情似水，但她知道那是最後通牒：給妳最後一次機會表忠心，妳若還是不能為我所用，就該消失了。

她仍然想不通告密的叛徒是誰。北舟、暗衛，都是原作中忠於夏侯澹到生命盡頭的人。

如果是暗衛不忠，早在北舟初入宮來祕密訓練他們時，端王就該得到消息了，也不會在湖上一戰中毫無準備。

這個叛徒只知道一個高手的存在，而不是兩個……

庾晚音走向臥房的腳步一頓，半途轉向，走到後院尋到一名值崗的暗衛，「你有沒有看見，那日在院中清掃落紅的宮人是誰？」

「小姐，別光吃點心，喝些茶。」小眉笑咪咪地端著茶水送到庾晚音面前。

庾晚音不動聲色地打量著這個隨嫁丫鬟。

原作裡的小眉沒有活過半本書。在宮鬥中，她被謝永兒整死了。

庾晚音之所以從未懷疑過她，是因為她在原作中只是個老實本分的工具人，並未作過妖。

庾晚音嘆了口氣。

小眉好奇道：「小姐為何愁眉不展啊？」

「唉，剛才在外面看見端王，他似乎衝撞了陛下，在被杖責呢。」

小眉的手一抖，滾燙的熱茶潑了一手。

她不敢聲張，哆哆嗦嗦地放下茶壺，將通紅的手背到身後。

庾晚音只當沒看見，「也不知打得狠不狠，傷勢如何。」

小眉咬了咬唇，「奴婢去為小姐看看？」

「妳瘋了嗎？要是被陛下拿住了，我該如何解釋？」

小眉頓了頓，低眉順眼道：「回頭再打聽也是一樣的。」

她退下了。

庾晚音對角落裡的暗衛點點頭。

暗衛悄無聲息地跟了出去，片刻之後，提著後領將小眉拖了回來，押著她跪到庾晚音面前，「娘娘明察秋毫，這宮女偷跑了出去，正在四處尋找，被屬下拿住了。」

小眉驚慌失措道：「小姐，這是怎麼了？」

庾晚音道：「妳是何時勾搭上端王的？」

小眉：「……」

「不必狡辯，我都查過了。」庾晚音誆她。

小眉咬著牙不認，「奴婢不認識端王呀……啊！」

暗衛捏碎她一根指節。

小眉涕泗橫流道：「小姐入宮之前的元夜，奴婢跟在妳身邊，在花市街道上初遇了端王殿下，心折於他的姿容氣度……後來他偶爾也會來找奴婢閒談兩句。在這世上，第一次有人把奴婢當人看……」

庾晚音冷笑道：「所以他問什麼，妳就答什麼？妳一直把我的消息傳給他？」

小眉喘著粗氣不言語。

「我沒有把妳當人看嗎？」

小眉眼中閃過一絲怨毒，「小姐對奴婢很和善。所以奴婢見妳與殿下兩情相悅，便將這份情愫深藏於心，未敢顯露分毫。」

「既然如此，妳又為何——」

小眉不忿道：「可妳明明早已移情於陛下，為何還要吊著端王，任他為妳日漸憔悴！」

庾晚音差點氣笑了。

這時她突然想到另一件事，「我一直想不明白，那天端王為何能找到湖邊。如今回想起來，出宮之前幫我換裝易容的，正是妳嘛。可我並未告訴妳我要去哪裡，妳是如何猜到的？」

小眉已經放棄了抵抗，「殿下問起，我便說了妳是從哪道門出的宮，他馬上派人跟了出去。」她面有得色，「殿下聰慧過人，早就不信妳了。」

庾晚音真實地氣笑了，「好，好啊。妳還告訴過他什麼？」

「怎麼，現在知道怕了……」

小眉殺豬般地尖叫起來。暗衛捏碎她第二根指節。

庾晚音耳膜裡嗡嗡作響。她集中注意力仔細回想一番，略微放下心來——她跟夏侯澹商量事情時習慣於揮退所有人，宮人探聽不到什麼核心祕密。

暗衛問：「娘娘，殺嗎？」

庾晚音下意識想要搖頭，動作到一半，又頓住了。

留下這個隱患，即使是將她逐出宮去，端王也會立即明瞭自己的立場。他還一定會救下小眉，物盡其用，讓她把自己每一天的起居錄細細道來。

庾晚音想像不出他能從中推敲出多少東西。

暗衛問：「娘娘？」

庾晚音又要點頭，卻發現腦袋重若千斤。

小眉蜷縮於地，瑟瑟發抖。

良久，庾晚音深吸一口氣，「不想死的話，去替我辦一件事。那淑妃自我當上貴妃之日起，就處處為難於我。妳去為我毒死她，只要不被發現，我就饒過妳一命。」

小眉連滾帶爬地出去了。

暗衛望著庾晚音。

庾晚音的指甲深深嵌入掌心，努力抑制著聲音的顫抖，對他說：「跟著她，讓淑妃抓她的現行。」

她不能留活口。不僅如此，為了蒙蔽端王，她還要借刀殺人。

庾晚音獨自枯坐在室內，只覺得渾身如墜冰窟。

不知過了多久，暗衛回來稟告道：「淑妃娘娘發現小眉在廚房裡下毒，命人杖斃了她，此刻正趕去找陛下主持公道。」

庾晚音道：「我知道了，你下去吧。」

庾晚音吐了一地。

她喚來宮人取水，漱了口，又吐了第二次，只覺得連膽汁都要嘔出來了。

這是她殺的第一個人。

夏侯澹來了，「那什麼淑妃說妳派人毒她，被我打發走了。這是怎麼了？」

他仔細望著庾晚音的臉色，語氣凝重了許多，「發生什麼事了？」

庾晚音強迫自己冷靜下來，複述一遍經過，又說：「做戲做全套，你得處罰我，降為嬪位、關關禁閉什麼的。」

夏侯澹沉默著點頭。

庾晚音道：「對不起。」

夏侯澹一哂：「這有什麼好對不起的……」

「對不起，湖上那日，我不該懷疑你自導自演。」

庾晚音低著頭，看見夏侯澹的手臂古怪地動了一下。他似乎想要張開一個擁抱，又克制住了。

「沒關係，我知道妳害怕。」

庾晚音悲從中來，嗚咽著抱住了他。

「沒事了，」夏侯澹緩緩拍著她的背，「被人背叛很難受吧？雖然是紙片人，但畢竟認識那麼久了。殺人也很難受吧？之前沒想到會有這麼難受，對不對？」

庾晚音道：「我太菜了，我怎麼這麼菜啊！」

夏侯澹失笑，「妳只是正常人。」

他有一下沒一下地拍撫著她，「妳以後如果必須除掉什麼人，告訴我，讓我去處理。」

庾晚音不安地動了動，想要抬起頭，「為什麼呀？」

夏侯澹將她按回自己肩上，「可能是因為我穿來之前演過古裝片吧，比妳適應一些。讓我來做也是一樣的，妳……就不用適應了。」

在她看不見的地方，他的神情遠比聲音嚴肅，「妳永遠都不需要改變。」

庾晚音心緒稍平，才猛然想起端王那句赤裸裸的威脅。

她深吸一口氣，支起身子切換成敬業社畜模式，「這事棘手得很。他不允許你得到任何助力，已經決意除去阿白，而且還要我三天之內遞消息。」

夏侯澹看了看自己被洇濕一片的肩頭，不知在想什麼。

庾晚音道：「我跟你走得太近，全被小眉這白眼狼傳出去了，現在想取信於他，難如登天。但在你悶聲辦成大事之前，我不能上他的黑名單。」

夏侯澹隨口問：「妳的意思是，將計就計？」

庾晚音心知此事艱難，遲疑道：「但又不能真的送阿白去死。」

「阿白一直蒙面嘛，我們可以找個身形相仿的替死鬼。」

「端王可沒那麼好唬弄。就算外形可以模仿，身手呢？武力上能模仿阿白的恐怕只有北叔了……」庾晚音突然眼睛一亮，「我有個想法。」

——《成何體統》未完待續——

高寶書版 致青春

美好故事
觸手可及

蝦皮商城同步上架中！

https://shopee.tw/gobooks.tw

高寶書版集團
gobooks.com.tw

YE 040
成何體統（上卷）
作　　者　七英俊
責任編輯　吳培禎
封面設計　張新御
內頁排版　彭立瑋
企　　劃　何嘉雯

發 行 人　朱凱蕾
出　　版　英屬維京群島商高寶國際有限公司台灣分公司
　　Global Group Holdings, Ltd.
地　　址　台北市內湖區洲子街 88 號 3 樓
網　　址　gobooks.com.tw
電　　話　(02) 27992788
電　　郵　readers @ gobooks.com.tw（讀者服務部）
傳　　真　出版部 (02) 27990909　行銷部 (02) 27993088
郵政劃撥　19394552
戶　　名　英屬維京群島商高寶國際有限公司台灣分公司
發　　行　英屬維京群島商高寶國際有限公司台灣分公司
初　　版　2023 年 6 月

成何體統 By 七英俊
由中南博集天卷文化傳媒有限公司授權出版 All rights reserved

國家圖書館出版品預行編目 (CIP) 資料

成何體統 / 七英俊著 . -- 初版 . -- 臺北市：英屬維京群島商高寶國際有限公司臺灣分公司 , 2023.06
　　冊；　公分 . --

ISBN 978-986-506-755-7(上冊：平裝). --
ISBN 978-986-506-756-4(中冊：平裝). --
ISBN 978-986-506-757-1(下冊：平裝). --
ISBN 978-986-506-758-8(全套：平裝)

857.7　　112008689

凡本著作任何圖片、文字及其他內容，
未經本公司同意授權者，
均不得擅自重製、仿製或以其他方法加以侵害，
如一經查獲，必定追究到底，絕不寬貸。
版權所有　翻印必究

GOBOOKS
& SITAK
GROUP©